3年级 上学期

快乐读书吧·整本书阅读丛书

金色的草地

[苏联] 普里什文 著

谷羽 译

人民文学出版社

图书在版编目（CIP）数据

金色的草地 /（苏）普里什文著；谷羽译. --北京：人民文学出版社，2024
（快乐读书吧·整本书阅读丛书）
ISBN 978-7-02-018455-2

Ⅰ.①金… Ⅱ.①普…②谷… Ⅲ.①散文集–苏联 Ⅳ.①I512.65

中国国家版本馆CIP数据核字（2024）第016060号

责任编辑　李丹丹
装帧设计　黄云香　陶　雷
责任印制　张　娜

出版发行　人民文学出版社
社　　址　北京市朝内大街166号
邮政编码　100705

印　　刷　河北环京美印刷有限公司
经　　销　全国新华书店等

字　　数　51千字
开　　本　710毫米×1000毫米　1/16
印　　张　9.25
印　　数　1—5000
版　　次　2024年2月北京第1版
印　　次　2024年2月第1次印刷

书　　号　978-7-02-018455-2
定　　价　36.80元

如有印装质量问题，请与本社图书销售中心调换。电话：010-65233595

出版说明

阅读是帮助人获取知识、培养正确的价值观、提高审美水平、提升核心素养的重要手段。有鉴于此,阅读及"多读书,读好书"也成为近些年教育改革和课程改革的关键词。2017年9月起在全国中小学陆续启用的义务教育阶段统编语文教材,专门设置了"快乐读书吧""名著导读"等模块,教育部2022年印发的新版《义务教育语文课程标准》,则将"整本书阅读"学习任务群作为课程设置的重要内容,鼓励学生按学段分阶梯进行整本书阅读,养成良好的阅读习惯,提高整体认知能力,丰富精神世界。

小学阶段是成长的关键时期,也是价值观培育和阅读能力培养的关键时段,为配合国家部署,将新版义务教育语文课标和近些年教育界倡导的整本书阅读理念落到实处,我社结合自身专业优势,在已出版的主要供初中阶段学生使用的"名著课程化·整本书阅读丛书"之外,策划推出了这套供小学阶段学生使用的"快乐读书吧·整本书阅读丛书"。

丛书收书30多种,以小学统编语文教材"快乐读书吧"模块建议阅读图书及新版《义务教育语文课程标准》建议在小学阶段进行"整本书阅读"的图书为基础,另听取权威专家建议,适当补入部分其他经典名著名作,体裁涵盖童谣、儿歌、神话传说、民间故事、寓言、小说、诗歌、散文、科普创作等多种。

丛书立足我社优质版本资源和编校力量,精选精编精校,力争为小读者奉上值得信赖的口碑版本。另为帮助孩子们提高阅读兴趣,读有所思、所得,我们延请具有丰富教、研经验的一线名师,结合不同学段学生的普遍接受能力及不同体裁作品的特点,对每本书进行了整本书阅读设计与指导,希望这套书因此更加好用、实用。

统编语文教材总主编温儒敏教授曾说:"整个语文教育的改革,可以归纳为四个字——读书为要。培养学生读书的兴趣、读书的习惯,使之成为一种良性的生活方式,提升各方面素养。"希望这套书能给孩子们提供阅读保障,助力语文教育。

人民文学出版社编辑部

2022年8月

快乐读书吧·整本书阅读丛书

编 委 会

主　　编　孙荻芬
执行主编　姚守梅　吴　东
编　　委　（以姓氏笔画为序）
　　　　　于　明　马金梅　王　峰　仉思越　尹梅芝
　　　　　田晶晶　冉工林　付雪婷　毕　然　吕慧凤
　　　　　刘　莉　刘　靖　安　娜　杨　辰　肖　莉
　　　　　汪　劼　宋丽丽　张海宏　柏春庆　侯杰颖
　　　　　贾　宁　高　杨　董　葳　程　润　窦　飞

本书领读　李丹丹

目录

写在前面的话	001
桦树皮喇叭筒	001
松鼠的记忆力	003
刺猬	005
白项圈	012
金色的草地	015
狐狸的面包	018
救命岛	022
孩子们和小野鸭	029
会说话的白嘴鸦	033
黑桃王后	036
爷爷的毡靴	043
森林里的楼层	049
小青蛙	055

两只小山雀	058
凤头麦鸡	062
雕鸮	067
欧鲌鱼	074
虾都悄悄说些什么？	077
柱子上的母鸡	082
瘸腿鸭	087
蚂蚁	091
可怕的相遇	095
林中空地	099
啄木鸟	101
倒影	102
灼热的时刻	103
树木交谈	106
森林医生	108
神秘的木板箱子	111
鸟言兽语	116
林中小溪	122
我的家乡	132

阅读交流　　　　　　　　　　135

写在前面的话

米哈伊尔·米哈伊洛维奇·普里什文(1873—1954),苏联时期俄罗斯杰出的作家,俄罗斯生态文学的先驱,俄罗斯大自然的歌手。他一生的创作都跟俄罗斯的山川草木、禽兽鱼虫相关联。

普里什文热爱森林、草原和各种动物。六十多岁时,他仍然能走很远的路去森林,带着猎枪、猎犬打猎,带着篮子采蘑菇,还带着笔记本和笔,把观察到的新奇事物和瞬间感悟随手记下来。

普里什文多次沿着林中小溪的岸边行走,观察溪水的流淌变化。溪水遇到阻碍时喧腾激愤,在阳光下闪烁光影。他悟出了溪流"或早或晚"一定要流向大海、流进自由水域的顽强意志。

普里什文专门为孩子们写的书并不多,因此不能把他叫作儿童文学作家。不过,他给予儿童文学的评价很高:"儿童文学是最崇高的文学,它能给成年人带来无与伦比的审美愉悦。"普里什文创作的很多作品进入了儿童文学

的经典文库。

普里什文承认:"为孩子们写作不容易:文笔必须格外单纯,在各个方面都不要违背你原有的艺术追求。"

阅读普里什文的书籍,你就知道他在森林里有多少新奇的发现。他教我们热爱自己的家园土地,他对我们说:"我们是大自然的主人,它对于我们来说是太阳的宝库,贮存着生活所需要的无尽宝藏。我们不仅要保护这些宝藏,还要发现这些宝藏,展示这些宝藏。"

阅读普里什文写的故事,你会有一种感觉,仿佛作家拉着你的手,领着你行走在森林里、草地上和溪流沿岸。你似乎亲自目睹了森林里的各种动物,聆听了鸟儿的叫声,嗅到了野花野草的芳香气息。从而你会更喜欢大自然,山川草木会成为你的朋友,你会变得更加聪明,更加善良。

普里什文一生写了七十多部文学作品,很多书多次再版,并且被翻译成各种语言。从1905年到1954年,他坚持写日记长达半个世纪,他的很多作品都是依据日记写出来的,比如《大自然的日历》《太阳宝库》等。这样持之以恒的作家很少见。

普里什文写过这样一段文字:

  我站立并且生长——我是植物。
  我站立、生长,并且行走——我是动物。

我站立、生长、行走,并会思考——我是人。

我站立,并且感觉:我的脚下是大地,整个大地。

脚踏大地,我挺直脊梁:我的头顶是天空,整个天空属于我。

这时,响起了贝多芬的交响乐,它的主题是:整个天空是我的天空。

但愿小读者们能记住普里什文这诗一般的语句,像他一样学会思考,学会观察,立足于脚下的土地,走好自己的人生道路。

谷　羽

2023年6月6日

桦树皮喇叭筒

我发现了一个令人惊奇的桦树皮喇叭筒。当有人从白桦树干上剜(wān)下一块树皮时,留下的创伤四周的树皮开始卷成喇叭筒的形状,喇叭筒干了以后,卷得很紧。这样的喇叭筒在白桦树上很多很多,多到让人毫不留意。

不过,今天我倒想看看,这样的喇叭筒里有没有值得关注的东西。

没想到,我在头一个喇叭筒里竟然发现了一个核桃。核桃被喇叭筒卷得很结实,用手指使劲去捅,竟然纹丝不动。可白桦树周围并没有核桃树。这个核桃怎么会碰巧被卷进了喇叭筒里呢?

"也许是松鼠把核桃藏在那里,当作过冬的储备。"我这样猜测,"松鼠知道,桦树皮喇叭筒会把

核桃卷得很紧很紧,裹得越来越结实,核桃不会掉出来。"

但是,后来我猜想,或许不是松鼠,而是一只鸟把核桃储存在喇叭筒里,大概它从松鼠窝里偷了核桃。

细细观看这个桦树皮喇叭筒,我还有一个新发现:桦树皮喇叭筒不仅藏着核桃,谁能想得到,一个小蜘蛛也藏在喇叭筒深处,忙着编织它的蛛网。

松鼠的记忆力

今天，我观察野兽和飞禽留在雪地上的脚爪印儿，凭借这些痕迹，我看出来：一只松鼠在这儿，钻进积雪下面的苔藓，找到了秋天藏在那里的两颗榛(zhēn)子，立刻把榛子吃了——我找到了那些榛子壳儿。然后松鼠向前跑了大约十米，又钻进了积雪，在雪地上又留下了两三个吃空的榛子壳儿，接下来又向前跑了几米，第三次在雪地上掏了一个洞。

多么神奇呀！你不要以为，松鼠隔着快要融化的积雪和冰层，能嗅到榛子的香味儿。这就是说，松鼠从秋天就记住了自己在苔藓下面储存的榛子，记住了几处储存地点之间的确切距离。

最令人惊讶的是，松鼠并不能像我们一样，使

用尺子丈量两点之间的距离，它只能凭借眼力观测，来判断距离远近，然后挖掘积雪，寻找储存的粮食。松鼠的记忆力和精明干练真叫人羡慕！

刺　猬

有一次我沿着溪流的岸边行走,发现灌(guàn)木丛下面有只刺猬。刺猬也看见了我,立刻把身体蜷缩成一个圆滚滚的球,发出"突突突"的声音,就像远处行驶在公路上的汽车传来的声音一样。

我走到刺猬跟前,用靴子尖碰了碰它,刺猬惊恐地发出了呼哧呼哧声,把浑身的刺都竖了起来防备靴子的骚扰。

"啊,看来你是这样对付我!"我一边说一边用靴子把刺猬踢到了溪流里。

眨眼之间,刺猬伸展了躯体,它像小猪一样朝岸边游过来,只不过它身上不是鬃毛,而都是尖刺。我拿起一根小木棍,推着刺猬滚进了我的帽子,就这样把刺猬带回到家里。

我的住处老鼠很多。我听说刺猬能捉老鼠,就让它住在我家里捉老鼠吧。

就这样我把这只浑身是刺、滚成一个球的刺猬放在地板中央,我坐下来写作,时不时用眼角瞥(piē)一下它。它躺在地板上一动不动没多久:等我在桌子旁边没了动静,小刺猬就伸展开身体,打量四周,尝试着朝不同方向走来走去,最终它选择了床下面的一个角落,在那里安顿下来,静悄悄的,没有一点儿声音。

天黑下来后,我点燃了灯,"您好呀!"——刺猬从床下边跑了出来。它看了看灯,显然,它以为那是森林里的月亮出来了:刺猬们喜欢在月光下的林间空地上跑来跑去。

刺猬在房间里随意奔跑,它把这里想象成了林间空地。

我拿起烟斗开始抽烟,让飘浮的烟雾围着灯光缭绕,灯光是房间里的月亮,烟雾就是云彩。这样就像在森林里一样,有月亮,也有浮动的云。我的两条腿就像树干。大概刺猬很喜欢这种情境:它在房间里来回转悠,不停地用鼻子闻闻这里,闻闻那里,偶尔会用它的尖刺触碰我靴子的后跟。

我看完报纸,不小心把报纸掉到了地板上,我上床很快就睡着了。

我睡觉总是很轻,蒙眬中听见屋子里有窸窸窣窣的声音。我擦了一根火柴,点燃了蜡烛,这时

才发现,床下边闪动着刺猬的身影。掉在地板上的报纸,已经从桌子旁边移动到了房间中心的位置。我没有吹灭蜡烛,不睡觉思考了起来。

"刺猬要报纸干什么用呢?"我的房客很快从床下边跑了出来,直奔报纸,在报纸旁边,它把身体缩成一团,沙沙作响地在报纸上滚动,最后,竟像穿上了一件报纸做成的衣服,就这样把一张很大的报纸拖到了房间的角落里。

这时候我才恍然大悟,明白了刺猬的意图:原来它把报纸当成了森林里的干树叶,认为是自己做窝的好材料。事实也果然如此,过了不久,刺猬就将报纸变成了自己真正的窝。完成了这桩大事,刺猬从自己的居所出来,停在床的对面,打量着月亮似的蜡烛。

我一边吞云吐雾,一边问刺猬说:
"你还需要什么呢?"
刺猬听了,居然一点儿也不害怕。

"你想喝水吗?"我站起身来,刺猬并未离开。

我拿了一个碟子,放在地板上,拎来了一桶水,忽而把桶里的水倒进碟子里,忽而又把碟子里的水倒进水桶里,弄出稀里哗啦的响声来,模仿小溪流的动静。

"好啦,来吧,来吧。"我说,"你瞧瞧,我为你安排了月亮,让云彩能飘进来,还给你准备了水……"

我发现:刺猬似乎在缓慢地往前移动。我也把我的"湖泊"往前挪动。刺猬移动,我也慢慢移动,就这样我和刺猬会合到一处。

"喝口水吧。"最后我说。刺猬开始喝水。我伸出手来,轻轻触摸它身上的尖刺,仿佛在抚摸它一样,一边抚摸,一边重复着说道:

"小刺猬,你真好,你是一只好刺猬!"

看到它喝够了水,我又说:

"躺下睡觉吧。"我也躺倒在床,随即吹灭了蜡烛。

我不清楚自己睡了多长时间,只听见房间里有窸窸窣窣的动静。

我点燃一支蜡烛,你猜怎么着?原来是刺猬在房间里来回跑,背部的刺驮着个苹果。刺猬跑回自己的窝,卸下那个苹果,然后又跑到房间的一个角落,那里有一麻袋苹果。不知怎么回事,袋子倒在地上,许多苹果滚了出来。因此刺猬跑过来,在苹果旁边蜷缩身体,用刺扎住苹果,然后一转身又跑回刺猬窝,就这样来来回回,不停地奔跑。

刺猬就这样得到安顿,在我家里住了下来。现在,每当我喝茶的时候,一定会把它放到桌子上,给它在盘子里倒些牛奶喝,或者给它点面包吃。

【阅读探究】

一只小刺猬被"我"带回了家里,"我"为它营造出夜晚树林里的环境,给它安排了月亮、云彩和湖泊……也不去打扰它。很快,它对"我"产生了信任,怡然自得地安顿了下来。

从"我"和刺猬的相处中,你感受到了什么?

在生活中,你有没有过这样与小动物相处的奇妙经历呢?试着写下来吧。

白 项 圈

在西伯利亚贝加尔湖附近，我曾听一位公民（当地居民）讲述一个有关熊的故事，我得承认，当时我并不相信。不过，那个人一再强调他说的是真事，多年以前这件事甚至刊登在西伯利亚的杂志上，标题是《人和熊一起对抗狼》。

据说，在贝加尔湖岸边居住着一个护林人，他平时捕鱼，打松鼠。有一天，护林人碰巧从窗户里看见，一头庞大的熊正朝他的小木屋奔跑过来，身后追赶着一群狼。眼看着这头熊就会被狼吃掉，但这头熊可不傻，它钻进了门洞，门随后自己关上了，它还用熊掌使劲顶住了房门。上了年纪的护林人明白了这是怎么回事，他从墙上取下了猎枪，对熊大声说：

"米沙①,米沙,顶住了!"

几只狼在抓挠房门,老人从窗口朝狼瞄准,嘴里还在念叨:

"米沙,米沙,顶住了!"

说话之间,他打死了一条狼,接着击中了第二条、第三条,并且一直在说:

"米沙,米沙,顶住了!"

---

① 俄罗斯人对熊的俗称。

三条狼被射中丧命，狼群四散奔逃，那头熊留在了护林人的小木屋里，在老人的关怀照料下过冬。

　　春天来了，冬眠的熊都走出了自己的洞穴。护林老人给他保护过的这头熊做了个白项圈，戴在它的脖子上并告诉所有猎人，见到戴白项圈的熊不要开枪，因为这头熊是护林人的好朋友。

金色的草地

蒲公英开花然后结出绒球的时候,我和弟弟常常摘取绒球互相逗着玩。有时候白天,我们走着去钓鱼——弟弟走在前头,我跟随在他身后。

"谢廖沙!"我一本正经地喊他的名字。等他扭过头来,冷不防,就把蒲公英的绒毛猛吹到他的脸上。

受到我捉弄,弟弟也开始捉弄我,趁我不留神时把绒毛冲我脸上吹。就这样,我们俩把这种不起眼的野花当成了逗乐开心的玩意儿。

有一天,我竟然有了意想不到的发现。

我们住在乡村,我们家的窗户前面有一片草地,蒲公英花朵盛开,让整片草地呈现出一片金黄色。这景致格外美丽。所有的人都称赞说:"金色

的草地,真美啊!"

有一次,我很早起来外出钓鱼。无意间发现,草地不是金黄色的,而是一片绿色。等我钓鱼回到家,已经接近中午,整片草地又呈现出一派金黄色。我开始留心观察。

到了傍晚,草地又变成了绿色。于是我走进草地,仔仔细细地察看,原来蒲公英的花朵,就像我们的手掌,它把花瓣儿收拢起来,就像我们五指握紧攥成了拳头,这时候,草地就变成了绿色。等到早晨,太阳升起,蒲公英舒展开它的巴掌,花朵

绽放,就像我们五指伸展,这时候草地又呈现出金灿灿的景色。

从那时候起,蒲公英成了我和弟弟最喜爱的一种花,因为它跟我们这些孩子一起上床睡觉,又陪着我们一道起床。

【阅读探究】

草地为什么早上和傍晚是绿色的,而在中午是金色的?你见过金色的草地吗?

蒲公英还给兄弟俩带来了什么样的乐趣?为什么蒲公英成了他们最喜爱的一种花?

大自然是多么奇妙呀!你仔细观察也会有所发现。

狐狸的面包

有一次我在森林里游逛了一整天,直到傍晚才回家,带回的猎获物很多,堪称丰盛。我从肩膀上摘下沉重的背包,开始在桌子上展示带回来的战利品。

"这是一只什么鸟儿?"济诺奇卡问。

"这是黑琴鸡。"我回答说。

于是我给小姑娘讲黑琴鸡怎么样在森林里生活,春天来了,它怎么样鸣叫,怎么样啄食白桦树的嫩芽儿,秋天怎么样在沼泽地饱餐浆果,冬天怎么样躲进雪地里躲避寒风取暖。我也给她讲了花尾榛鸡,告诉她,花尾榛鸡身体是灰色的,头顶长一撮凤头羽毛,很好看,并且用笛子模仿花尾榛鸡的鸣叫声,还把笛子递给小姑娘,让她试着吹一

吹。我还在桌子上展示自己采来的很多蘑菇：白色的、红色的和黑色的。我的口袋里还装着血红的悬钩子果、蓝莓，以及红艳艳的越橘。我还随身带回来一块松脂凝成的松香，递给小姑娘闻一闻，并且告诉她，树木就是用这松香治病的。

"谁在那里给树木治病呢？"

"树木能自我疗伤。"我回答说，"经常有这种情况，来了一个猎人，想休息一会儿，他把斧子砍在树干上，还在斧子柄上挂个布兜儿，猎人在树底

下躺倒，打个盹儿，歇一会儿。然后把斧子取下来，背起布兜儿，抬腿就走了。斧子留在树干上的创伤，会自动流出这种芳香的松脂，这就是自我疗伤。"

我还有意给济诺奇卡带回来各种奇异罕见的草叶、花朵、根茎，比如杜鹃泪滴花（红门兰）、缬(xié)草、彼得十字草（齿鳞草）、野兔白菜（紫花景天）等等。有一次，碰巧在野兔白菜下边有一块黑面包。经常有这样的情况：有时候我去森林忘了带面包——只好饿肚子，有时候随身带着面包，却忘了吃掉，就又带了回来。济诺奇卡看见了野兔白菜下边的黑面包，十分惊讶地问：

"森林里哪儿来的面包？"

"这有什么可奇怪的？要知道那里还有白菜呢！"

"兔子白菜……"

"这是狐狸面包。你尝尝。"

济诺奇卡小心翼翼地尝了尝,然后开始吃起那块面包来。

"狐狸的面包挺好吃!"

她把我带回来的黑面包吃得干干净净,一点儿不剩。此后我们家总是这样:济诺奇卡这个慢性子的孩子,经常白面包也不吃。但如果我从森林带回来狐狸面包,她会把它吃得一干二净,并且称赞说:

"真好吃,狐狸的面包比我们的面包好吃多了!"

救 命 岛

春汛没有让我们等多久就来了。一天夜里，温暖的雨水下得又猛又急，河水水面一下子上涨了一米，这样一来，原本看不太清楚的科斯特罗马城连同它白色的建筑物呈现出清晰的轮廓，仿佛原来潜藏在水下，如今从水里钻出来要见见世面了。伏尔加河陡峭的河岸也是这样，原本消失在白茫茫的积雪当中，现在黄色沙土的堤岸，高出河水水面，显得很清楚。丘陵上有几个村子被春水围绕，看上去就像大小不一的蚂蚁冢(zhǒng)。

在伏尔加河春汛大泛滥时期，到处看得到星星点点未被淹没的土地，有的光秃秃的，有的生长着灌木丛，有的长着高大的树木。这些星罗棋布、孤岛似的土地，聚集着各种各样的野鸭子。望得见远处一条狭长的浅滩上，豆雁拥挤着望着湖面。很多地方完全被洪水淹没，原来的森林仅仅显露出一些树枝，就像浓密的鬃毛，而这些鬃毛上有形形色色的小动物。攀附在树枝上的小动物如此密集，一根平平常常的柳树枝，看上去竟然像一串又大又黑的葡萄。

一只水老鼠（麝鼠）朝我们游过来，它大概来自很远的地方，已经游得十分疲惫，水老鼠爬上一根赤杨树枝。轻轻摇荡的波浪想把它从树枝上冲下来。水老鼠就再往树枝高处爬一爬，趴在树杈上。

水老鼠趴在那里稳稳当当：波浪冲击不到它。只有偶尔特别大的浪头，所谓的"九级浪"，才能打湿它的尾巴，这时，水面上就出现了一圈又一圈的波纹。

有棵树显得相当高大，想必它水下扎根在一个高岗上，这棵树的树枝上落着一只贪婪、饥饿的

乌鸦,正在搜寻食物想填饱肚子。它当然不肯放过攀附在树枝上的水老鼠,水老鼠的尾巴接触到水,引起了一圈又一圈的波纹,这让乌鸦发现了水仓鼠所处的位置。于是一场生死存亡的搏斗开始上演了。

乌鸦利用它的喙攻击,几次让水老鼠掉进水里,水老鼠挣扎着爬到原来置身的树杈上,接着又掉进水里。眼瞅着乌鸦即将捕获它的猎物,可是,水老鼠不想成为这样的牺牲品。

水老鼠拼尽气力,用前爪狠狠抓了乌鸦一把,让它羽毛纷飞。这次袭击如此迅猛,乌鸦仿佛被霰(xiàn)弹击中一样,甚至差一点儿掉进水里。经过艰难的调整,乌鸦头脑昏沉地落到原来的树上,用心梳理它的羽毛,自己给自己疗伤。一阵接一阵的疼痛,让乌鸦回想水老鼠,它盯着水老鼠的眼神,似乎在反复问自己:"这是哪儿来的水老鼠啊?这样的怪物我可从来没有碰见过!"

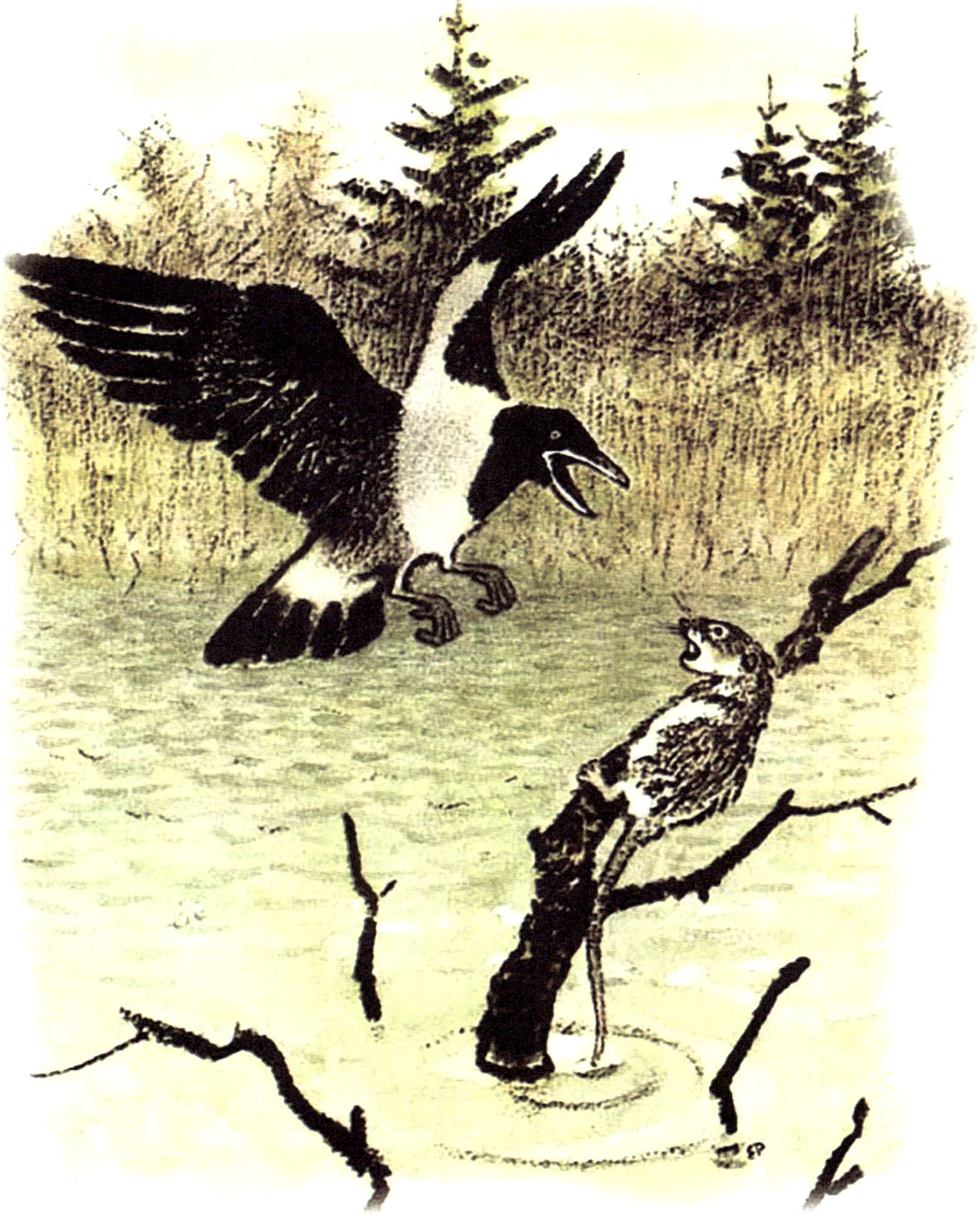

再说那只水老鼠,在这次幸运的袭击得逞之后,它甚至忘记了可恨的乌鸦。它敏锐的目光开始眺望我们这边的河岸。

水老鼠咬断一条树枝,用手一样灵活的前爪抓住它,用牙齿啃树枝上的嫩皮,一边转动树枝一边啃。就这样把树枝上的嫩皮啃得干干净净,然后把光裸的枝条扔进水里。接下来又咬断了一条树枝,这一次不再啃食嫩皮,而是叼着树枝下到水里开始游动,拖着树枝仿佛乘坐在拖船上一样。那只凶狠的乌鸦,当然亲眼看见了这一切情景,它只能目送勇敢的水老鼠游向我们这边的河岸。

有一天,我们坐在岸边观看那些动物怎么样从水里爬上岸来,成群结伙的小动物当中,有地鼠、田鼠、水老鼠,有水貂、小兔子、白鼬,甚至还有

几只松鼠,它们爬上岸来,无一例外高高地翘起尾巴。

作为岸上的主人,我们欢迎并接待每一只小动物,给它们以亲切的关注,眼瞅着这些小动物跑向适合它们生存的地点。我们自以为认识了所有我们的客人,但济诺奇卡的话成了结识新朋友的开端。

"你瞧,"她说,"我们的鸭子怎么啦?"

我们自己的鸭子也是由野鸭驯养的,打猎的时候会带着它们:鸭子的叫声会招来野鸭,那时候就可以举枪射击了。

细看家养的鸭子,我们发现,不知道为什么它们的毛色看起来变得更黑更深,更重要的是,体形变得更肥大了。

"这究竟是什么原因呢?"我们开始思索猜测。

因此我们走近家养的鸭子寻求谜底。原来数不清的蜘蛛、小甲虫和其他小昆虫在水面上漂流,

寻找能够活命的地方,我们的鸭子成了它们渴望的陆地——两座"小岛"。

这些小昆虫爬到游动的鸭子身上,满怀自信地认为,它们终于抵达了可靠的地点,在水面上的危险漂泊终于结束了。它们的数量很多,这就是我们眼睁睁看着家养鸭子越来越肥的原因。

对于大大小小各种动物来说,我们这段河岸终于成了它们的救命岛。

孩子们和小野鸭

一只体形不大的母野鸭嘎嘎地叫着,终于决定带领它的小野鸭离开森林,绕过村庄,去湖泊里寻找自由。春天,湖水泛滥,只能在三俄里①外的沼泽森林里的草丘上筑巢。现在,湖水消退,野鸭也只能走三俄里才到达湖泊。

在人、狐狸、鹞鹰的眼睛都能看到它们的开阔的地方,为了安全起见,鸭妈妈走在后面,让几只小野鸭走在前头,以便随时随地能看到它的孩子。

在铁匠铺附近,必须穿过一条道路,鸭妈妈当然让小野鸭走在前面。这时候几个小孩子发现了鸭妈妈和小野鸭,都摘下了帽子。当孩子们捕捉小野鸭

---

① 1俄里合1.0688公里。

的时候,鸭妈妈跟在他们身后奔跑,大张着嘴巴叫唤,或者朝各个方向飞行,飞不远,又落下来,尾随在孩子们身后几步开外的地方,一副万分惊恐的样子。那几个孩子挥舞着帽子,准备像抓小野鸭一样抓那只鸭妈妈的时候,我突然出现在孩子们面前。

"你们抓小鸭子干什么?"我口气严厉地质问几个孩子。

他们有点儿胆怯了,就回答说:

"我们会放了这些小鸭子。"

"既然要放掉,"我很生气地说,"那你们抓它们干什么呢?小鸭子的妈妈在哪儿?"

"看,就在那边卧着!"几个孩子齐声回答,用手指了指不远处的一个土丘,鸭妈妈果然卧在土丘上,张着嘴,显得很激动。

"快!"我给几个孩子下了命令,"去,把所有的小鸭子都还给鸭妈妈!"

听了我的命令,几个孩子反倒很高兴似的,捧着小鸭子径直朝土丘那边跑起来。鸭妈妈飞起来,飞得不太远,等小孩子离开了,鸭妈妈急忙飞过来营救它的子女。鸭妈妈匆匆忙忙跟小鸭子说着什么,接着跑向燕麦地。五只小鸭子紧跟在后边,也向燕麦地奔跑,绕过村庄,野鸭一家继续赶路去寻找湖泊。

我高兴地摘下帽子,朝野鸭挥舞,大声喊叫:"小鸭们,一路平安!"见我这样做,小孩子都

笑了。

"傻孩子,你们笑什么呢?"我对几个孩子说,"你们以为野鸭一家找到湖泊很容易吗?赶快摘下帽子,朝它们呼喊:再见!"

孩子们的帽子在抓小野鸭的过程中沾上了尘土,孩子们举着帽子,不约而同地呼喊起来:

"小野鸭,再见!"

【阅读探究】

"我"从孩子们手中将小鸭子解救出来,还给了鸭妈妈。孩子们在"我"的感染下,也像跟人告别一样跟小鸭子告别。

在这篇故事里,我们感受到了作者对小动物深深的温情,"我"对小野鸭不是居高临下地呵护,而是抱着平等、尊重的态度。

从这篇故事里,你学到了什么?

会说话的白嘴鸦

我讲一个饥饿年代自己亲身经历的故事。我的窗台上常常飞来一只白嘴鸦幼鸟,它的喙还是嫩黄色的。看得出来,它是个孤儿。那时候我存了一口袋荞麦,我一直靠荞麦粥勉强度日。白嘴鸦飞来,我就撒些荞麦粒给它吃,并且问它一句:

"你想吃粥吗,小傻瓜?"

白嘴鸦吃完荞麦粒,拍拍翅膀就飞走了。就这样我每天都喂白嘴鸦,一直喂了一个月。我总想白嘴鸦对我的提问能给予回答:

"你想吃粥吗,小傻瓜?"

最好它能回答一声:"我想吃。"

但这只黄嘴雏鸟只是张开嘴露出红红的舌头。

"算了!"我很生气,不想再教给它说话。

临近秋天,我遭遇了一件倒霉的事。我到箱子里去取荞麦,却发现荞麦不见了,仿佛全被小偷偷走了:就连放在盘子里的半截黄瓜也被偷走了。我只好饿着肚子上床睡觉。整宿翻来覆去睡不着。早晨照镜子,脸都变绿了。

"笃笃,笃笃!"有人在敲窗户。

原来是白嘴鸦在叩击窗玻璃。

"可以吃肉啦!"我心里闪过一个念头。

我打开窗户,想一把抓住白嘴鸦。它却跳到一边,然后飞到树上。

我从窗台跟着它爬上了树枝。它却飞到了更高的地方,我也向上爬。白嘴鸦又向上飞到了树梢上,我爬不到那里去,因为树枝摇晃得厉害。白嘴鸦,这个小滑头,它居高临下俯视着我说道:

"你——想——吃粥吗?小——傻——瓜!"

黑桃王后

当母鸡不顾危险扑过去保护它的小鸡时,是战无不胜的。我养着一条狗,名字叫特鲁巴奇,只要它轻轻咬一下嘴巴,就足以咬死母鸡,但这只敢于跟狼战斗的大狗却对这只母鸡退让三分,夹起尾巴逃回自己的狗窝里。

我们这只抱窝的黑母鸡,为了保护它的雏鸡,显示出非凡的母爱,遇到侵犯者,总是无比凶猛。它的头上生就锋利的尖喙,形状恰似扑克牌的黑桃尖,因此我们给黑母鸡起了个绰号——黑桃王后。每年春天,我们都让黑母鸡孵一窝打猎捡回来的野鸭蛋。它孵出了小野鸭,就当成小鸡尽心保护。今年很不幸,由于我们的疏忽大意,孵出来的一窝小野鸭过早地接触到冰冷的露水,除了一只保全了性命,其他小野鸭全都死掉了。我们发现黑桃王后今年比往常要凶狠百倍。

这该怎么解释呢?我并不以为黑母鸡会由于孵出来的是小鸭而不是小鸡而生闷气。既然它抱窝孵蛋,就顾不得区分是什么蛋,既然孵蛋,就必须孵出雏崽来,然后照料它们,保护它们不受侵犯,并且尽责到底。因此它带领着雏崽转悠,不允许自己向它们投去怀疑的目光:"难道这是小鸡吗?"

不,不是这样,我认为,这个春天,黑桃王后生气不是因为受骗,而是雏鸭的死亡,它为唯一生存下来的雏鸭担惊受怕:天底下所有的父母都为孩子担心,何况还是个独生子呢……

最倒霉、最可怜的是我的格拉什卡!它是一只白嘴鸦。由于翅膀受了重伤落到我的菜园里,逐渐习惯了地面上的生活,虽然这种没翅膀的生活对鸟儿来说很可怕。只要我召唤一声"格拉什卡",它就跟随在我的身后。有一天我有事出门,

不知什么缘故,黑桃王后忽然怀疑格拉什卡存心伤害它的雏鸭,就把它从我的菜园子里撵(niǎn)了出去,无辜的白嘴鸦从此再也没有回来。

白嘴鸦算得了什么!我的上了年纪的猎犬拉达,秉性温和,同样畏惧黑桃王后,常常几个小时从门缝里向外张望,看能不能挑选一个地点撒尿,同时避开好斗的黑母鸡。另一条猎犬特鲁巴奇,敢跟狼搏斗!居然也蹲在窝里,在它用锐利的目光确认凶猛的黑母鸡不在附近、道路通畅前,它是决不会离开狗窝一步的。

别说猎犬了,其实就连我本人也很好笑!最近有一天我带领已经六个月大的小狗崽特拉夫卡出门遛弯儿,刚绕过谷物干燥房,就瞅见雏鸭站在我面前。附近没有黑母鸡,可我一想到它那凶猛的样子,不由得感到恐慌,担心它会啄瞎特拉夫卡好看的眼睛,于是拔腿就跑,事后还很高兴——想想吧!——我庆幸自己安然无恙,躲过了黑桃王后的攻击!

去年有件特别有趣的事也跟这只好斗的母鸡有关。那时候天气已经凉爽,人们会在明亮的夜晚去草地上割草,我也想带着猎犬特鲁巴奇活动活动,让它在森林里追赶狐狸或兔子。在茂密的云杉林里有两条相互交叉的小路,听到我的口令,特鲁巴奇立刻扑向灌木丛,一只小兔子蹿了出来,猎犬狂叫着沿着小路飞快地追赶。在这样的季节,不能射杀兔子,我没带猎枪,准备听几个小时打猎时最喜欢听的音乐来消磨时间。突然,村子附近传来了狗叫声,追逐停止了,很快特鲁巴奇回来了,非常沮丧的样子,尾巴耷拉着,有黄花斑的焦黄色脊背上鲜血淋漓。

谁都知道,当在野外到处可以捕获绵羊的时候,狼不会去招惹猎犬。如果不是遇到狼,那么猎犬特鲁巴奇为什么会受伤流血,如此狼狈呢?

我的头脑里闪现出一个可笑的画面。我想

象，世界上所有的兔子都胆子很小，但有唯一一只真正勇敢的兔子，为见到狗就拼命逃窜感到羞耻。这只兔子心想："宁可死亡，决不逃避！"于是兔子浑身缩作一团，猛然向猎犬特鲁巴奇扑过去。身躯庞大的猎犬，发现兔子朝它扑来，惊恐中扭头逃跑，失魂落魄，被树枝划破了脊背。就这样，被兔子追赶的猎犬特鲁巴奇跑到我的面前。

这样的情景可能吗？不可能！这样的事情在人身上可能发生；而在兔子中间，从来没有发生过。

我沿着兔子躲避特鲁巴奇追赶的那条小路从森林里走出来，走到草地上，看见割草的人们十分活跃地说说笑笑，他们看见我，就招呼我过去。心里装满话的人都渴望通过聊天倾诉出去。

"真是怪事！"

"什么样的事叫人奇怪呢？"

"哎呀呀！"

于是二十个人的声音沸沸扬扬,说的都是同一件事,你什么都听不明白,乱哄哄的声音中,不时飞出一句:

"真是怪事!真是怪事!"

所谓的怪事原来是这样的:一只小兔子从森林里跑出来,顺路跑向了谷物干燥房,而兔子后面紧追不舍的是猎犬特鲁巴奇。若是在空旷的地方,我们家的特鲁巴奇能追上飞快奔跑的老兔子,追一只小兔子,对它来说轻而易举。兔子为躲避追赶,常常会藏在村子周围的禾秸垛或谷物干燥房里。特鲁巴奇追到了谷物干燥房附近。割草的人们看见了特鲁巴奇在拐弯的地方,已经张开嘴巴,马上就要叼住那只兔子了……

特鲁巴奇即将捕获猎物,紧急关头,从谷物干燥房里忽然飞出来一只黑母鸡——直奔猎犬的眼睛。猎犬扭过身子逃跑。不料黑桃王后蹿到它的背上,用黑桃尖一样锐利的喙凶狠地啄啊啄。

真是怪事!

这就是为什么特鲁巴奇有黄花斑的焦黄色脊背上血迹斑斑:让猎犬惊慌逃窜的竟然是一只相貌平平的黑母鸡。

爷爷的毡靴

我记得很清楚,米哈伊爷爷的毡(zhān)靴穿了十年。至于在我出生之前,那双靴子爷爷已经穿了多久,我就不知道了。爷爷常常看着脚上的靴子说:

"靴子又穿破了,应该缝补一下啦。"

他从集市上带回来一块毡子,从上面裁剪下一块靴底,缝在靴子上,靴子又像新的一样再次穿在脚上。

这样过了很多年,我开始想,世上的一切都有尽头,所有的东西都会消失,唯独爷爷的毡靴永世长存。

突然有一天,爷爷的双腿疼得厉害。爷爷从来不对我们抱怨什么,可这一次却开始诉说自己

的烦恼,甚至请来了医生。

"你的腿疼是冰冷的水引起的,"医生诊断说,"以后你不要再捕鱼了。"

"可我是靠捕鱼活着啊,"爷爷回答,"我的腿脚不能不沾水。"

"不能不沾水,"医生劝解说,"那就穿着毡靴下水好啦。"

医生的劝告让爷爷受益:双腿的疼痛没有再犯。不过,这以后爷爷捕鱼变得小心谨慎,只要下水拉网,必定穿上毡靴。于是,水底的石头也会无情地摩擦毡靴。这样一来,毡靴破损得很快,不仅靴底,就连靴筒也变得伤痕累累。

"看来这是真的,"我想,"世上的一切都有尽头,爷爷的毡靴也不能永久穿下去:这双靴子也穿到头啦。"

人们碰见爷爷会指着他的靴子说:

"爷爷,该让你的靴子歇歇了,把它们送给乌鸦做窝吧。"

谁说都不管用。米哈伊爷爷自有主张，为了靴子的缝隙不透风雪，他把靴子泡在水里，然后放在寒冷的户外。靴子缝隙里的水经过风霜当然就结成了冰。接下来爷爷再次把毡靴泡在水里，靴子外面就覆盖了一层冰。这样的一双靴子穿起来更暖和也更结实了：冬天我自己有一次穿着爷爷这双靴子在尚未结冰的沼泽地走了一趟，豁出去了，什么都不怕……

过去的想法又回来了：爷爷的毡靴会一直穿下去，永无尽头。

不料有一天，我们的爷爷生病了。他外出解手时，在过道里穿上了毡靴，可回来的时候，忘记脱下靴子放在户外，而是穿着冰靴子爬上了暖炉。

糟糕的还不是靴子融化的冰水流进了牛奶桶——这倒没什么可说的。糟糕的是可能永世长存的毡靴，这一次彻底报废了。不可能有别的结

果。如果往玻璃瓶子里灌上水,放在寒冷的户外,水会结冰,冰会膨胀,导致玻璃瓶子必然破裂。结了冰的毡靴融化以后,当然会四分五裂,一双毡靴难以挽救了……

我们倔强的爷爷,身体一恢复,就再次尝试把靴子冻起来,甚至还穿了几天。不过,春天很快到来了,放在过道里的毡靴融化并散架了。

"说得对,"爷爷心想,"这双靴子的确是该彻底休息了,留给乌鸦做窝吧。"

气头上的爷爷从高高的河岸上把一只破毡靴抛进了下边的牛蒡(bàng)草丛里,我正在那个地方捕捉金翅雀和各种小鸟儿。

"为什么要把毡靴只留给乌鸦呢?"我说,"各种鸟儿到了春天都会往窝里叼羽毛、毡片和干草。"

我向爷爷提出这个问题的时候,他正准备抛出另一只破毡靴。

"各种鸟儿都需要绒毛毡片筑巢,"爷爷同意我的说法,"各种野兽,老鼠、松鼠,全都需要,对它们来说,破毡靴是有用的好东西。"

说到这儿,爷爷忽然想起了我们认识的一个猎手,那个猎手很久之前就跟爷爷提到过毡靴:该让毡靴歇歇啦,最好送给他当猎枪的药塞子。这样爷爷就没有扔掉另一只靴子,吩咐我把靴子送给那个猎人朋友。

很快,鸟儿的繁忙季节开始了。下边靠近河水的草丛里,飞来了各种各样春天的鸟儿,它们纷纷啄食牛蒡草的嫩尖,并且看见了那只毡靴。几乎每一只鸟儿都发现了它,等到筑巢的日子来临,从早到晚不停地有鸟儿飞到爷爷的破毡靴旁边,叼走它们需要的绒毛毡片。在短短的一周之内,整个毡靴都被鸟儿们叼走做了窝,鸟儿在鸟窝里下蛋、孵蛋,雄鸟快乐地歌唱。在铺着温暖的破毡片的鸟巢里,雏鸟出壳了,慢慢长大了,当寒潮来临时,它们成群结队,像一朵朵云一样飞往温暖的

远方。等到下一个春季来临，它们又纷纷飞回来，很多鸟儿在它们的树洞里，在往年的旧鸟窝里，还能辨认出爷爷留给它们的碎毡片。

还有那些在地面或灌木丛里修筑洞穴的动物，比如老鼠，也把毡靴留下的碎片拖进它们地下的窝里。

我经常在森林漫步，当我碰到铺着毛毡的鸟窝时，会像小时候一样想："世上的一切都有尽头，所有的东西都会消失，唯独爷爷的毡靴永世长存。"

森林里的楼层

森林里的鸟兽居住的楼层高低不同：鼠类在树根下挖洞，它们的巢穴位置最低；有些鸟儿，比如夜莺，直接贴近地面筑巢；鸫(dōng)鸟的窝位置稍高一点儿，在灌木丛里；啄木鸟、山雀、猫头鹰，喜欢利用树洞做窝，巢穴的位置又稍高一些；在树干的各个位置或者树冠最高处筑巢的是猛禽：鹞和鹰。

有一次，我在森林里有意地观察思考，鸟兽在森林里的楼层跟我们住高楼大厦不同：我们人类总可以搬家，换到另一个地方居住，而鸟兽则依据类别在固定的层次筑巢，不能变动。

有一天打猎，我们走到一处林间空地，发现一片枯死的白桦。这是常有的事，白桦树长到一定

的年限,就会干枯死亡。

别的树枯死后,树皮脱落掉在地上,因此,树干很快会腐朽,整棵树会倒下来。而白桦树树皮不会脱落。桦树皮是树脂多、表面是白色的一种树皮,是白桦结实的外套,即便白桦已经死亡,仍然能长久站立,仿佛还活着一样。

甚至有的白桦树已经腐烂,树干已经变成了碎屑,潮湿的水分使它变得沉重,表面上看起来,白桦依然挺立,似乎还活着。

可是,只要轻轻触碰,这样的朽树就会突然散架,分成几段,坠落下来。推倒这样的树木能给人带来快感,同时也相当危险:如果你躲闪不及,沉重的朽木很可能砸在你的头上。

不过,作为猎人,我们并不害怕这样的惊险场面,推倒朽树的时候,总是一个人动手,另一个人在旁边监护。

于是我们走到生长着这样的白桦树的林间空

地,弄断了一棵相当高大的白桦树。它的树干断成了几段,纷纷从空中坠落,其中一段的树洞里有山雀的雏鸟。小小的雏鸟在坠落过程中没有受伤,只不过连同鸟巢一起从树洞里滚了出来。光裸的雏鸟,刚刚生出绒毛,把我们当成了它们的父母,张开红红的大嘴巴吱吱鸣叫,指望我们能给它们带来蚯蚓。我们俩挖掘泥土,竟然找到了蚯蚓,喂给了雏鸟,雏鸟吃了蚯蚓,连吞带咽,然后又开始吱吱地叫唤。

很快,一对成年山雀飞了回来,落在旁边的树上,它们蓬松的脸颊是白色的,嘴里叼着蚯蚓。

"你们好呀,亲爱的!"我们跟两只鸟儿打招呼,"发生了不幸的事,这不是我们本意。"

两只山雀不能回应我们,最重要的是,这对山雀不明白,究竟发生了什么,那棵白桦树怎么会突然不见了?它们的孩子怎么会消失呢?

至于我们俩,山雀反倒并不害怕,它们在树枝

上飞来飞去,焦躁不安。

"看,你们的雏鸟在这儿!"我们把掉在地上的鸟巢指给山雀看,"它们在这儿,听,它们正在吱吱叫,它们在呼唤你们哪!"

不料,两只成年山雀什么也听不懂,惶恐不安,十分焦急,它们不愿意飞到比它们的巢穴更低矮的地方。

"也许,山雀害怕我们,"我跟伙伴私下小声说,"我们躲藏起来吧!"于是我们躲到了隐蔽处。

真奇怪,想不到雏鸟吱吱叫,两只成年山雀也依旧吱吱乱叫,拍打着翅膀,可就是不飞到下边来。

这时候,我们终于恍然大悟,鸟儿跟住高楼大厦的我们不同,它们的巢穴有固定的楼层:它们此刻以为,属于它们的那一层连同它们的雏鸟统统消失啦。

"哎呀呀,"我的伙伴说,"山雀啊山雀,你们太笨啦!"

这真是既可怜又可笑的一幕:样子好看,长着翅膀的山雀,傻瓜一样,什么都想不明白。

我跟伙伴捡起有鸟窝的那一段白桦树干,把旁边一棵干枯的白桦树从上面弄断,把山雀窝连带几只雏鸟摆放在它们楼层本来所在的高度。还好,没有等多长时间:大约只过了几分钟,幸福的山雀父母跟它们的雏鸟终于重新团聚了。

【阅读探究】

　　跟我们人类一样,森林里的动物们也有自己的楼层。

　　请观察一下,你身边生活着哪些小动物?它们居住在地上还是地下?住在哪层?也可以试着把它们的楼层画出来。

小青蛙

中午时分,阳光炽烈,积雪开始融化。过了两天,顶多三天,已经能感受到春天的脚步声了。中午的太阳热气腾腾,我们装车轮的小房子周围像蒙上了一层黑乎乎的灰尘。

我们想,也许哪儿在烧煤炭。我走过去想用手触摸这肮脏的积雪,突然发现,这不是煤渣!灰暗的积雪上现出白色斑点:聚集在那里的很多小小的甲虫忽然朝各个方向乱跳乱飞。

中午的阳光下,有那么一两个小时,雪地上的各种小甲虫、小蜘蛛,还有跳蚤,甚至蚊子,都在活动,有的爬、有的蹦、有的飞。融化的水渗透到积雪的底层,惊醒了雪被子下面冬眠的、玫瑰色的小青蛙。傻乎乎的小青蛙从积雪下面往上爬,以为真正的春天来到了,它下决心外出远游一番,它想去小溪里游泳,想到沼泽地游逛。

这天夜里,偏巧下了一场纷纷扬扬的小雪,出行者的爪印儿很容易分辨。一开始,爪印儿是笔直朝前的,连续往前跳,越来越接近沼泽。突然,不知为什么,爪印凌乱了,越来越乱。似乎小青蛙东跳西蹿,忽而往前,忽而回退,爪印乱得一塌糊涂,就像一团理不出头绪的乱麻线。

究竟发生了什么事?为什么小青蛙忽然放弃了通往沼泽那条笔直的路,竟然转过身子想往回蹦跳呢?

为了解开这个谜团,我们继续往前走,忽然看见:小小的、玫瑰色的青蛙躺在那里,撑开着已经冻僵的爪子。

现在一切都明白了。夜晚,严寒发威,寒冷加剧,小青蛙不得不停下来,蜷缩一团,来回蹦跳,转过身来,想回到温暖的雪洞,正是在那个洞里,它感受到了春天来临的气息。

这一天,严寒依然紧紧把控着它手中的缰绳,可是在我们家里非常暖和,我们在尽力帮助春天早早到来。我们用自己的哈气给小青蛙取暖,不料,它仍然没有苏醒。或许是温度不够,我们想出一个主意:把温水倒进一口锅里,把四肢冻僵的、小身子呈现玫瑰色的小青蛙放进了温水里。

尽管严寒想拉紧它的缰绳,牢牢把控天气,但对于春天的到来,如今它已经无力抗争了。不到一小时,我们的小青蛙整个身体都感受到了春天温暖的气息,四只爪子开始轻微活动。不久小青蛙就活过来了。

突然传来隆隆响的雷声,各处的小青蛙都开始活动,我们把曾经冒险出行的小青蛙送到了那片沼泽地,对它说出了我们的临别赠言:

"好好活着吧,小青蛙,有一点要记住:不知水洼深浅,别冒冒失失往里跳。"

两只小山雀

灰尘眯了我一只眼睛,这只眼还没有睁开,另一只眼睛也被灰尘眯住了。这时我发现,随风飘过来的是木屑,飞扬的木屑随后纷纷坠落在道路上。

这意味着,上风头有什么人在收拾干枯的树木。

我沿着撒了白色木屑的小路迎着阵风

行走，很快就看见，原来是两只瓦灰色的、蓬松的白脸颊上有黑色条纹的小山雀正在一棵干枯的树上忙碌，它们用鸟喙啄食腐朽树干里的昆虫。它们的动作迅速麻利，眼瞅着两只鸟把树洞越啄越深。

我用望远镜耐心地观望，后来一只山雀只有尾巴还露在树洞外边。这时候我悄悄地从另一侧走到树洞里露出鸟尾巴的地方，伸出巴掌捂住了那个树洞。树洞里的鸟儿立刻像死了一样，一动不动。我收起巴掌，用手指碰了碰鸟尾巴——鸟躺着，还是纹丝不动；我用手指抚摸鸟背——鸟躺着，仿佛被打死了一样。另一只山雀落在两三步开外的树枝上，不停地尖叫。可以猜测，它在提醒同伴一定要躺得更稳妥。

"你，"它说，"躺好了，别出声，我在他附近吱吱叫，他会追赶我，我往远处飞，你可别错过时机。"

我不想再难为这只鸟儿,就走到一边,继续观看接下来有什么动静。我站了很长时间,因为树洞外的山雀能看见我,它提醒受困的那只山雀说:

"你最好再躺一会儿,那个人还站在不远的地方观望。"

我这样站了很久,一直等到树洞外的小山雀用一种非常特殊的声音叫唤,我猜那叫声的意思是:

"不用再等了,你快飞出来吧,他站在那里不碍事。"

尾巴不见了,带黑条纹的小脑袋伸了出来。吱吱叫着问:

"他在哪儿?"

"看,站在那边。"另一只鸟吱吱叫着回应。

"啊,看见啦!"刚才的小俘虏说。

说完扑棱棱飞了出来。它们只飞了几步远,大概相互之间说了几句悄悄话:

"让我们看看,也许他已经走了。"

它们落在高处的树枝上,仔细地观察。

"还站在那儿。"一只鸟儿说。

"还站在那儿。"另一只鸟儿说。

随后,两只鸟儿飞走了。

凤头麦鸡
——一个老守林员讲的故事

春天,白鹤飞来了。我们收拾犁具为春耕做准备。在我们家乡有个老规矩:白鹤飞回来的第十二天,开始春季耕作。

春水已经消退。我下田去耕地。

我们的田地上能看到湖泊。白色的鸥鸟看到了我,在我的身后,白嘴鸦、寒鸦纷纷飞来在我犁过的垄沟里啄食昆虫。就这样成群的白鸟、黑鸟尾随着我,唯独一只凤头麦鸡在我头顶飞来飞去,惊恐地鸣叫。母凤头麦鸡很早就开始抱窝。我想道:"说不定附近什么地方有它们的鸟窝。"

"你是谁?你是谁?"凤头麦鸡不停地鸣叫。

"我呀,"我回答,"我就是我自己,你是谁呀?你去哪里游玩啦?在温暖的地方有什么发现啊?"

我就这样一边耕地一边说话,不料,马突然偏离了原来的垄沟,犁歪到了一边,犁铧从泥土里露了出来。我仔细看看犁铧偏离垄沟的地方,发现那里卧着一只凤头麦鸡,不偏不倚,正好在马行走的路线上。我对马吆喝了一声,凤头麦鸡飞走了,地面上露出了四个鸟蛋。原来它们的窝刚被犁铧剐(guǎ)蹭了一下,已经散了架,四个鸟蛋像摆在桌子上一样摆在地上。

我为鸟窝感到可惜:鸟儿没有过错。我顺手把犁铧提起来,绕过去,也没有动那几个鸟蛋。

回到家里我跟孩子们说了这件事的来龙去脉,说我耕地的时候,拉着犁的马忽然偏离了垄沟,我这才瞅见:鸟窝和四个鸟蛋。

妻子说:

"能瞅一眼该多好呀!"

"先等等吧,"我回答说,"我们要播种燕麦,到时候你就看见了。"

此后不久,我去种燕麦,妻子跟在后面耙地覆土。当我走到有鸟窝的地方,就停下来,朝妻子招手。她让拉耙的马停在原地,然后自己走了过来。

"这就是那个鸟窝,"我说,"好奇的人,仔细看看吧。"

妻子的慈母心肠流露出来:她先是一阵惊喜,接着又为那几只鸟蛋得不到任何防护感到担心。妻子让拉耙的马绕了过去。

就这样我在那块地里一半播种了燕麦,另一半留下来种土豆。

过了一段日子,播种土豆的时候到了,我和妻子走到原本有鸟窝的那个地方,不料,什么都没有:这就意味着,凤头麦鸡把雏鸟带走了。

跟随我们来种土豆的还有我们的小狗卡多什卡。这只小狗沿着水渠在草地上来回奔跑,我们也不管它:妻子撒种,我跟在后面覆土。忽然,我们听见凤头麦鸡嘶声大叫。朝那边一看,顽皮的

卡多什卡正在草地上追赶四只小凤头麦鸡,只见那四只灰色的雏鸟,全都长着两条长长的腿,头顶已经有一撮好看的冠毛,它们两条腿跑得很快,却

还不会飞，拼命躲避小狗的追赶。妻子认出了那几只雏鸟，冲我大声喊叫着说：

"这是我们见过的呀！"

我大声招呼卡多什卡，可是小狗根本就不听召唤，仍然追啊追啊，紧追不舍。

小凤头麦鸡们跑到了水边，再也没有地方奔跑了。

"坏了，"我想，"卡多什卡会抓住它们！"不料，那几只雏鸟沿着水面，不是游，而是跑了过去。看上去格外神奇！嚓——嚓——嚓，眨眼之间它们跑到了对岸。

或许是水还冰冷，或许是卡多什卡还太小太笨，它停在水边，不再继续追赶。趁小狗在那里迟疑，我和妻子赶了过来，招呼小狗回到了我们身边。

雕 鸮

凶狠的猛禽雕鸮(xiāo)夜晚捕食猎物，白天躲藏起来。据说这种猛禽白天视力不好，因此不得不找地方隐藏。可是，在我看来，即便它视力很好，白天仍然无处可以现身——原因在于，它夜晚的残忍劫掠招惹了很多对手与仇敌。

有一天我在林间空地行走。随身带着我的猎犬，它体形不大，是西班牙品种，我给它起了个名字叫斯瓦特。斯瓦特似乎在一大堆干树枝里嗅到了什么，它围绕着这堆树枝跑了好久，不停地汪汪叫，可是没有下定决心钻进去。

"算了吧！"我下了口令，"是只刺猬。"

平时训练猎犬，只要我说出"刺猬"，它就会放弃，不再纠缠。

可是这一次斯瓦特不听口令，厉声狂叫扑向树枝堆，并且很巧妙地钻了进去。

"大概有刺猬。"我在心里猜测。

不料，从斯瓦特钻进树枝堆的另一侧跑出来一只体形庞大的雕鸮，只见这只猛禽头上有两只大耳朵，还有一对大大的猫眼睛。

在鸟儿的世界里，雕鸮白天跑出来了是件大事。小时候，我害怕进入黑暗的房间——总觉得黑暗的角落里有什么东西，最让我感到恐惧的是鬼。当然，这是愚昧无知，对于人来说，根本不存在鬼。不过，我认为，夜晚出没的强盗雕鸮就是鸟儿的鬼。雕鸮从干树枝堆里跳出来，对鸟儿来说，就好比我们白天遇见了鬼。

雕鸮从干树枝堆下面钻出来，有些惊恐，拱着身子跑到一棵枞树下面。这时候有一只乌鸦从空中飞过。它发现了雕鸮这个强盗，于是落在枞树的最高处的树梢上，用特殊的声音惊叫：

"嘎!"

乌鸦的叫声多么令人惊奇!人需要用多少词句啊!而它们只用一个"嘎"来应付所有的情况,靠叫声的细微差别表达不同的意思。这一次乌鸦的

叫声里的警戒意味,就相当于我们惊恐的呼叫声:"有鬼!"

最先听见这惊叫声的是附近的乌鸦,它们纷纷以惊叫声给予回应。距离更远一点的乌鸦听见了惊叫声,同样给予回应,就这样在一瞬之间:无数的乌鸦乌云般纷纷飞来,落在高大的枞树上上下下的树枝上,齐声鸣叫:"有鬼!"

听见了乌鸦不停的喧嚣声,从四面八方飞来了各种各样的禽鸟:白眼圈的黑色寒鸦、褐色的蓝翅松鸦、浑身金黄靓丽的黄鹂。那棵高大的枞树上已经没有落脚的位置,相邻的几棵树上也都落满了鸟儿。还有新的鸟儿不断地飞过来:蓝雀、小山雀、煤山雀、鹡鸰、柳莺、红胸鸲,还有不同品种的鹟鹩,都赶来声援。

这时候雕鸮早就从树枝堆里钻出来了,已经转移到枞树下,斯瓦特却没有意识到这一点,仍然一边叫,一边在树枝堆里翻刨。乌鸦和其他的鸟

儿眼瞅着树枝堆,它们都期盼斯瓦特赶快出来,追赶枞树下的雕鸮。但斯瓦特仍在那里翻刨,众多乌鸦忍不住冲猎犬呼叫:

"嘎!"

这叫声的意思很简单:

"傻瓜!"

后来,斯瓦特终于发现了新的踪迹,从树枝堆里爬出来,迅速地识别踪迹,朝枞树奔跑,所有的乌鸦再一次齐声高叫:

"嘎!"

按照鸟儿的意思,这就是说:

"对啦!"

等雕鸮从枞树下跑出来,伸展翅膀,又听见乌鸦高声叫唤:

"嘎!"

这叫声的意思是:

"抓它!"

所有的乌鸦从树上飞起来，跟随乌鸦起飞的还有寒鸦、松鸦、黄鹂、鸫鸟、歪脖鸟、鹈鸪、红额金翅雀、蓝雀、山雀、煤山雀等等，所有这些鸟儿成群结队，乌云似的紧紧追赶雕鸮，全都齐声鸣叫：

"抓住它，抓住它，抓住它！"

我忘了说，当雕鸮伸展翅膀的时候，斯瓦特及时扑过去用牙齿咬住了它的尾巴，不料被它挣脱了，有些绒毛却留在了斯瓦特的牙齿上。由于失手而狂怒的猎犬第一时间跑起来追赶雕鸮，并没有落在那些禽鸟的后面。

"做得对，做得对！"一些乌鸦叫唤着鼓励猎犬。

就这样，乌云般的鸟群很快在地平线上消失了，斯瓦特同样也消失在层层叠叠的森林后边。

最后的结果如何，我不清楚。大约过了一个小时，斯瓦特才跑回来，嘴里叼着羽毛。无凭无据，我不敢妄下断言：这是雕鸮展翅起飞的时候斯瓦特咬下来的，还是那些鸟儿追赶上了雕鸮，斯瓦特帮助它们打败这个恶棍时留下来的。

没看见就是没看见，我不想撒谎。

欧鲂鱼

太阳的光斑像金色的网在水面上闪烁颤动。深蓝色的蜻蜓落在芦苇上或节节草的草尖上。每只蜻蜓都拥有自己的节节草或芦苇：即便飞走了，过一会儿必定还会飞回来。

呆头呆脑的乌鸦看守着雏鸦正在那里休息。

一片小小的树叶落在蜘蛛网上，又从蜘蛛网上落到小溪里，在水面上打转，转了一圈儿又一圈儿……

我轻轻地划着自己的小船顺流而下，我的小船比那片树叶多多少少重一点儿，它是由五十二根木棍纵横交织构成的，还有一面帆。船上有一支桨：一根长长的木棍，尾端安装了铲状的木板。划船的时候一定要左一桨右一桨。小船很轻，无须用多大的力:船桨划入水中,小船就会无声无息地漂浮前行,小溪里的鱼儿丝毫也不害怕。驾驶这样的小船顺流而下,你会发现许许多多意想不到的新鲜事物!

看,小溪上空飞过一只白嘴鸦,噗的一声,一滴粪便忽然落入水中,这白灰似的小白点在水面上漂浮,立刻吸引了许许多多小欧鲌(bó)鱼的注意力。一瞬之间,白嘴鸦粪便四周就聚集了数不清的欧鲌鱼,像集市上的人群一样挤来拥去。一条凶猛的大赤梢鱼发现了这里的鱼群,游了过来,用它的尾巴在水中用力一甩,急剧的波浪震得许多浅水鱼当即晕了过去,肚皮翻上了天。要过一分钟,浅水鱼才能苏醒过来,但赤梢鱼可不是傻瓜:它知道白嘴鸦粪便落到溪流里的情况不会经常遇见,围绕白嘴鸦粪便一下子聚集这么多呆头笨脑的浅水鱼更是机会难得。赤梢鱼震晕了一条又一条,它吞噬了很多条小鱼。那些有幸逃脱这场劫

难的欧鲌鱼，接下来将活得像有学问的人一样，如果从空中有什么好东西掉落在溪水中，它们上下两边都会细细观望，以免下边随即会有滔天大祸发生。

虾都悄悄说些什么？

虾让我觉得特别惊讶——它们身上有那么多多余的东西：长着那么多条腿，那么长的须子，那么锐利的双螯(áo)，靠尾巴支撑往前移动，尾巴倒像是脖子。小时候，最让我觉得奇怪的是：捞在桶里的虾，相互拥挤，沙沙有声，似乎在说什么悄悄话。但究竟说些什么，你却听不明白。

如果人们说："虾不再说悄悄话了。"意思就是——所有的虾都已经死了，它们的"虾生"在悄悄话中结束了。

从前，在我小时候，我们的维尔图申科小溪里有很多很多虾，比鱼还多。记得有一天傍晚，多姆娜·伊万诺夫娜奶奶带着孙女济诺奇卡来到我们家里，歇了一会儿，就到小溪流那边去了。她们俩

在河边安置好捞虾的虾网。在我们乡下,这样的捞虾网都是自己亲手制作的:把柳树的枝条弯成一个圆圈,周围缝上用旧渔网做成的一个网兜,网兜里放一块肉,或者别的诱饵,最好是逮一只青蛙在锅里煎出香味儿,这对虾特别有吸引力。捞虾网放到水底,虾闻到了煎青蛙的气味,就会从岸边的缝隙里钻出来,纷纷爬到捞虾网里。

时不时用绳子把捞虾网提上来,把虾拣出来,接着再下网。

捞虾的活很简单。一个通宵奶奶和孙女捞出来的虾装了满满的一大篮子,早晨,她们背着篮子往回走,要走十俄里的路才能回到她们的村子里。太阳升起来了,奶奶和孙女走啊走,她们走得浑身乏力,热得出汗。两个人都没有心思想那些虾,只盼着快一点回家。

"虾可别不说悄悄话了。"奶奶说。

济诺奇卡凑近篮子仔细地听了听。

奶奶背后篮子里的那些虾发出轻轻的沙沙声,仿佛是在说些什么。

"那些虾悄悄地说什么呢?"

"乖孙女,那些虾都快死啦,它们在互相道别呢。"

这时候那些虾其实并没有说什么悄悄话。只不过它们相互拥挤，粗糙的铠甲、虾头、虾螯、虾背、虾尾，还有长长的虾须，相互摩擦，发出沙沙的声音，让人们以为它们在说什么悄悄话。这些虾哪一个都不想死，它们渴望活着。每一只虾，都伸出自己的腿忙碌着，它们想找到一个小小的洞孔，而篮子上这样的小窟窿竟然被一只大虾找到了。那只大虾从窟窿里钻了出去，随后身体比较小的虾一个个从里往外钻：从篮子里出来，爬到奶奶的短上衣上，再从短上衣爬到裙子上，从裙子爬到小路上，再从小路上爬到草丛里，而在草丛里稍微爬几步就到小溪流了。

阳光似火，热辣辣的。奶奶和孙女不停地走啊走，篮子里的虾一直在爬啊爬。

奶奶和孙女走了很久，终于走近了她们的村子。奶奶忽然停下脚步，仔细听听篮子里的虾有什么动静，不料，静悄悄的，什么都听不见。那个篮子的重量似乎也变轻了,她有些糊涂:一宿没有睡觉,老太太走得很累,肩膀麻酥酥的,仿佛也失去了知觉。

"乖孙女啊,那些虾,"奶奶说,"十有八九不再说话了。"

"是不是都死啦?"小姑娘问。

"它们睡着啦,"奶奶回答说,"不再说悄悄话啦。"

两个人走进家门,奶奶放下篮子,掀开了罩布。

"我的老天爷呀,那些虾都到哪儿去了呢?"

济诺奇卡一看——篮子是空的。

奶奶看了看孙女,惊讶地摊开了双手。

"哎呀呀,它们这些虾呀,"她说,"一直悄悄说话!我心里想——它们这是临死前互相道别呢,哪儿能想到,这些虾是在跟我们俩,两个傻瓜,道别呢!"

柱子上的母鸡

春天,邻居送给我们四个鹅蛋,我们把这四个鹅蛋放进了我们家黑母鸡的窝里,这只母鸡有个外号:黑桃王后。过了一段孵化的日子,黑桃王后领着四只浑身黄色绒毛的小鹅走出了鸡窝。它们吱吱叫着,跟小鸡的叫声完全不一样,但是黑桃王后竖起羽毛,一副得意扬扬的模样,根本忽视了它们跟小鸡的差别,对它们满怀着母爱的关切,跟爱护小鸡崽一模一样尽心尽力。

春天过去,夏天到来,到处生长着蒲公英。四只小鹅伸长了脖子,几乎比它们的母亲还要高大,但仍然跟随在母鸡身后行走。不过,常常有这样的情况,母鸡用鸡爪翻刨着泥土,并且呼唤小鹅们,小鹅们却围绕着蒲公英玩耍,用嘴巴触碰蒲公

英的绒球,让绒毛随风飘荡。这时候,黑桃王后朝它的孩子们那边张望,在我们看来,它似乎产生了几分怀疑。这只母鸡常常挖挲着羽毛,咯咯叫着翻刨泥土,小鹅们却毫不在意,只顾吱吱叫着,啄食青草。有时候,一条狗想经过黑桃王后的身边,那可不得了!黑桃王后立刻扑过去,把狗赶跑。事后,它看看小鹅们,一边看,一边在心里琢磨些什么……

我们关注这只母鸡,等待着那个时候的到来,等着它终于意识到,它这几个孩子根本不像鸡,犯不着为它们冒着生命的危险驱赶那条狗。

有一天在我们的院子里,这样的事终于发生了。那是一个阳光明媚的六月天,到处都是花香的气息。忽然,乌云遮蔽了太阳,公鸡高声叫起来。

"咯咯,咯咯!"母鸡应和着公鸡的叫声也叫起来,它招呼自己的孩子们快快躲避到棚子里去。

"我的老天爷,乌云来得可真快呀!"主人连呼带叫奔跑着去收拾晾晒的衣服。顷刻间雷声隆隆,电光闪闪。

"咯咯,咯咯!"黑桃王后不住声地叫唤。

四只小鹅伸展长长的脖子,像四根柱子,跟随母鸡来到了棚子下。我们对看到的景象感到惊奇:四只像母鸡一样高的小鹅听从母鸡的吩咐,竟然缩成一团,钻到了母鸡的身体下面,黑母鸡伸开翅膀保护着四只小鹅,让它们感受到母亲身体的温暖。

但是雷雨时间很短暂。乌云随风吹散了,明亮的太阳又照耀着我们小小的花园。

棚子顶上再没有淅淅沥沥的雨滴声,传来了各种鸟儿的鸣叫声,母鸡身下的小鹅们听见了这

样的声音,它们当然也渴望能出去自由自在地玩耍。

"出去玩,出去玩!"几只小鹅叫唤着。

"咯咯,咯咯!"黑母鸡这样回答,意思是:

"等一等,等一等!别着急!"

"还等什么?"小鹅们吱吱叫唤,"出去玩,随便玩!"它们一边说,一边伸长脖子,忽然站了起来,母鸡仿佛被四根柱子托了起来,距离地面很高,身体不停地摇晃。从此以后,黑桃王后跟四只小鹅的母子关系彻底结束了:母鸡单独行动,四只小鹅也不再依恋母鸡。看得出来,黑母鸡终于明白了一切,它再也不想第二次坐在四根柱子上了。

瘸腿鸭

我划着小船,赫罗姆卡跟在小船后面游,这只母鸭是我打猎的好帮手。它原本是只野鸭子,现在却听从我这个人使唤。它能用自己的叫声把那些公鸭吸引到我狩猎的窝棚这边来。

无论我的小船朝哪里划行,赫罗姆卡都跟随在我后边。它在河湾处捕捉些什么吃,我拐个弯藏起来,然后招呼一声:"赫罗姆卡!"它立刻抛开一切,展翅飞到我的小船上来。然后又是:我去哪儿,它跟到哪儿。

我们和这个赫罗姆卡经历过一场劫难!小野鸭孵出来以后,一开始我们把它们养在厨房里。不幸被老鼠嗅到了气味,那只老鼠在墙角掏了一个洞,就钻进来抢劫行凶。听到鸭子的惊叫声,我

们连忙跑过来,正好撞见老鼠咬着小鸭子的一条腿往老鼠洞那边拖。小鸭子拼命挣扎,老鼠逃走了,我们堵上了那个窟窿,可惜我们的小鸭子瘸(qué)了一条腿。

为了医治小鸭子这条腿,我们想了不少办法:涂抹药膏、缠裹(guǒ)绷带、上药水儿、撒药粉——可惜都不见效:瘸腿成了它的终身残疾。

在飞禽走兽的世界里,瘸腿是很不幸的:它们逃不脱一条规律——有病得不到治疗,弱小得不到怜惜,最后遭到宰杀。自己家的鸭子,自己家的鸡,还有火鸡、鹅——所有的家禽碰见赫罗姆卡,都想欺负它,尤其是那些可怕的鹅。在它们这些庞然大物看来,这只一无所长的笨鸭子,简直就是个废物!鹅举起长长的脖子居高临下砸向可怜的小不点儿,就像一柄大汽锤!

谁也没有想到,这只可怜的小鸭子有多么聪明。虽然它的脑袋大小跟森林里的核桃差不多,

它却意识到,唯一能够拯救它的——只有人。我们像可怜一个弱者那样可怜小鸭子:所有这些冷酷无情的家禽都想剥夺小鸭子的性命,可是,瘸腿是老鼠造成的,小鸭子自己有什么过错呢?

我们像喜欢一个人一样,喜欢小小的瘸腿鸭赫罗姆卡。

我们对这只鸭子加以保护,它就开始跟随我们行动,而且跟定了我们,我们走到哪儿,它就跟到哪儿。等它长大以后,我们并不需要给它像其

他鸭子一样修剪翅膀。那些鸭子原本是野鸭，仍然把野外视为它们的家乡，总是想飞回那广阔的天地。赫罗姆卡离开我们没有地方可去。

因此，人的家就成了它的家。

就这样，赫罗姆卡开始与人为伍。

这就是为什么我划着小船去打野鸭，我的鸭子会自动跟随我，游在小船后面。如果落后了，它会飞离水面追上来。它在河湾处捕鱼，我藏在灌木丛后，只要喊一声：

"赫罗姆卡！"看！我的小野鸭就朝我飞来。

蚂　蚁

我打猎追赶狐狸累了，想随便找个地方歇一会儿。可是森林里积雪很厚，找不到可以坐一坐的地方。我的目光偶然瞥见了一棵树，它的周围有个巨大的蚂蚁冢，上面蒙着一层积雪。我爬到蚂蚁冢上边，清除了积雪，扒开了这个由松针、小树枝和树渣木屑堆起来的令人惊奇的蚂蚁冢，挖出一个温暖又干爽的小凹坑坐了下来。当然，那些蚂蚁对此一无所知：它们正在下面很深的地方沉睡。

这样的事我做过不止一次，每次都可怜那些蚂蚁，因为给它们增加了额外的工作量，不过随即会自我安慰：它们的数目多达数百万呢！这点工程算得了什么。蚂蚁的劳动成果也为我提供了休

息的便利。

比这次我休息的蚂蚁冢稍高一点的树干上，不知什么人砍去了树皮，露出了白色的树干，留下了很宽的一道环，那里渗出了一层黏稠的树脂。这样的环会切断树汁的输送，必然导致树木的死亡。通常啄木鸟会在树上啄出这样的环来，不过，它不可能把树皮啄食得如此干净。

"很可能，"我想，"有人需要树皮做个树皮袋子采集浆果用。"

我在蚂蚁冢上休息得很好，随后就离开了那里。天气变暖，蚂蚁苏醒，在蚂蚁冢上出入忙碌的时候，我又偶然回到了那个地方。

我看见树干受伤处布满树脂的那个环上有黑色的斑点，于是掏出了望远镜想看个明白。原来那里堆满了蚂蚁：不知出于什么原因，它们需要穿过那个圆环爬到树干更高的地方去。

为了弄清楚蚂蚁的行动，需要长时间的细心

观察。很多次我在森林里发现蚂蚁沿着树木爬上爬下,它们的蚂蚁冢也修筑在大树旁边。只不过我并没有特别留意蚂蚁的数量多不多,它们顽强执着地劳作,沿着树木奔跑,上上下下,究竟目的何在?

现在我明白了,并非个别的蚂蚁,而是所有的蚂蚁必须沿着树干,自下而上开辟出一条自由通行的道路,从树的底部可能直到顶端。树干上的树脂圆环成了通行的阻碍,这是整个蚂蚁家族面临的攻坚任务。

今天,蚂蚁冢里颁布了全体动员令。蚂蚁倾巢出动向上爬行,密密麻麻聚集在黏稠的树脂环周围。

冲在最前头的是蚂蚁侦察兵。它们试图突破出去,毫不犹豫地投身于树脂当中,纷纷牺牲,后面的侦察兵利用战友的尸体继续向前,就这样前仆后继搭建着桥梁。

这场攻坚战战线很宽,工程进展也格外迅速,我目睹着树干上的白色圆环逐渐变黑:这是蚂蚁的先头部队甘愿牺牲投身于树脂,以自己的躯体为其他蚂蚁开辟出一条通路。

差不多过了半个小时,蚂蚁把树干上的白色圆环完全变成了黑色,后续的蚂蚁沿着这样的混凝土通道自由向上去完成它们的任务。一条条蚂蚁组成的队伍迅速奔跑,上上下下,来来往往。通过这座活的桥梁,繁忙的劳作如火如荼(tú)。

可怕的相遇

所有猎人都知道,训练一只猎犬只追赶禽鸟,而不追赶猫、兔子和其他野兽,是有多么困难。

有一次,我带着自己训练的猎犬罗姆卡来到一片林间空地,在那里遇见了一只虎斑山猫。罗姆卡在我左边,而那只猫在我右边,这是一次出乎意料的仇敌相遇。虎斑山猫瞬间转身,撒腿逃跑,罗姆卡在它身后猛追上去。我根本来不及吹口哨,也来不及喊一声"别动!"

广阔的四周没有一棵树,如果有树,猫可以爬上树躲避猎犬的追赶——灌木丛和空地一眼望不到边。我走得很慢,像只爬行的乌龟,潮湿的土地、草地边缘、溪流的沙滩,还有泥泞的小路上,留下了罗姆卡的爪印儿,我一边寻找这些爪印儿,一

边往前走。

我穿过一片湿地，又穿过一片干爽的空地，还蹚过了两条溪流，两块沼泽地，最终来到了一处开阔地带，突然看见：罗姆卡站在那里纹丝不动，瞪着充血的眼睛，在它对面很近的地方，是那只虎斑山猫，只见它脊背拱得像村里做的那种大馅饼，尾巴缓慢地扬起又徐徐落下。我很难猜测它们在想些什么。

虎斑山猫似乎在说：

"当然，你敢朝我扑过来，不过，狗啊狗，你要记住,我身上可长着虎斑呢！你试试,再纠缠不放,我让你晓得老虎爪子的厉害！"

我猜测,罗姆卡这样回答：

"我知道,吃老鼠的家伙,你能用老虎一般的爪子挠我的眼睛,可我会把你撕成两半！不过我要再仔细想想,怎么样更快地收拾你！"

我的想法是：

"如果我靠近它们俩,猫可能奔跑逃窜,罗姆卡会紧追不舍。是不是该招呼罗姆卡……"

没有时间容我多想。我当机立断开始用最和缓的口吻调和这两个死对头的争端。就像在家里跟罗姆卡做游戏时那样,我用最温柔的声音称呼罗姆卡的名字和父称：

"罗曼·瓦西里奇！"

罗姆卡斜睨了我一眼。虎斑山猫嚎叫了一声。

这时候,我坚定地下了口令：

"罗曼,别犯浑！"

罗姆卡害怕了,眼睛更使劲地斜睨了我一眼。虎斑山猫嚎叫的声音更响亮、更有力了。

我抓住罗姆卡斜睨我的那个瞬间,把一只手举过自己的头顶,做了一个砍掉它和猫的脑袋的手势。看见这个手势,罗姆卡开始后撤,虎斑山猫以为罗姆卡胆怯了,当然暗自高兴,于是放声嚎叫,仿佛高唱胜利的战歌。不料,这伤害了罗姆卡的自尊心。它突然停止了回退,蹲在那里,用询问的目光望着我:

"难道不惩罚它?"

这时候,我再次把一只手举向空中,做了个砍头的手势,提高嗓门喊叫出不容抗拒的口令:

"决不允许!"

罗姆卡退到灌木丛附近,绕了个弯子跑到我身边。我就这样制服了这条狗的野心。

虎斑山猫早跑得没了踪影。

林中空地

白桦树把它最后一批金黄的树叶撒向枞树,撒向已经冬眠的蚂蚁冢。我沿着森林里的小路行走,秋季的森林在我看来就像海洋,而林间空地就像岛屿。这座岛上生长着几棵彼此紧挨着的枞树,我在枞树下坐下来休息……

我在林间空地中心的枞树下安静地坐着。

我听见秋天的落叶似乎在窃窃私语。

窸窸窣窣的落叶声惊醒了在树下睡觉的野兔,它们爬起来,从森林里朝不同的方向走去。

有一只兔子从茂密的枞树丛中出来,看见一大片空地,不由得停了下来。兔子听着四周的动静,蹲在两条后腿上朝周围张望:到处都是沙沙的响声,该去哪里呢?

兔子不敢径直穿过空地，就沿着空地的边沿走走停停，从一棵白桦树，走向另一棵白桦树。

谁在森林里有怕的东西，当落叶纷纷，窸窸窣窣时，最好不要外出行走。

兔子听着落叶的声响，就疑心身后有谁窃窃私语，偷偷地跟着它。

当然，胆怯的兔子也可以鼓足勇气，不回头张望。难道这样它就不会碰见真正的灾难吗？那倒未必！在落叶声的掩护下，它身后尾随着一只诡计多端的狐狸。勇敢的兔子不回头张望，而红褐色的狐狸猛扑过来，要了野兔的命。

啄木鸟

我发现一只飞行的啄木鸟,只见它嘴里叼着个挺大的枞树球果,它的身子显得很短——它的尾巴天生就短小。啄木鸟落在一棵白桦树上,那里有它剥球果的作坊。它沿着树干向上挪动,到了熟悉的位置,却发现原本可以放置球果的树杈夹着一个没有扔掉的果壳,新叼来的球果无处可放,而旧的果壳无法扔掉,既然嘴里衔着东西,再不能用嘴巴清除障碍。

这时候,啄木鸟完全像人一样在困境中想出了办法:它把新叼来的球果夹在胸脯和树干之间,腾出来的喙迅速扔掉了旧果壳,把新衔来的球果在自己的作坊安置好,然后就开始加工起来。

啄木鸟真聪明,总是精力充沛,活跃而能干。

倒　影

我带着自己的猎犬拉达沿着一个小湖泊的岸边行走。今天的湖水十分平静,飞行的鹬(yù)和它水中的倒影完全一样:仿佛有两只鹬径直朝我们迎面飞来。这是开春季节我们第一次外出打猎,拉达得到允许,可以追逐飞鸟。它看见两只鹬朝它飞来,就悄悄地藏在灌木丛后面。拉达看准了目标。

拉达为自己选择了哪个目标呢?是水面上空飞行的真正的鹬,还是这只鹬在水中的倒影?可怜的拉达选择了水中的倒影,还以为这下能抓住一只活鹬了。它从高高的湖岸纵身一跃,扑通一声跳进了水里,而空中真正的鹬飞走了。

灼热的时刻

旷野上的积雪正在融化，森林里的地面和树木的枝头仍然被积雪笼罩，未被碰过的积雪像厚厚的枕头，树木被积雪奴役着。纤细的树枝被雪压得弯曲变形，它们冻僵的身体时时刻刻期待着从冰封雪裹中解脱出来。这个灼热的时刻终于到来了，对于不能移动的树木说来，这是最幸福的时刻，而对于野兽和鸟儿说来，这是最可怕的时刻。

在这灼热的时刻，雪在不知不觉中悄悄融化，森林里一派寂静，一棵小枞树的树枝仿佛自己微微颤动并轻轻摇晃起来。在这棵小枞树下面，在它浓密的树枝遮蔽下，一只野兔正在睡梦中。野兔忽然惊恐地站了起来，竖起长长的耳朵仔细聆听：树枝不会无缘无故地自发颤动。野兔很害怕，

它目睹一条又一条树枝微微颤抖,摆脱了树枝上积雪的压迫,弯曲的树枝像弹簧一样转瞬之间挺直了身躯。野兔突然一跳,然后奔跑起来,跑了一会儿,又蹲下身子,侧耳聆听:灾难来自何方?它该朝哪个方向逃窜?野兔刚靠后腿支撑挺直身体,朝四下观望,它跟前的白桦树忽然弹起来挺直

了身躯,而白桦树旁边的枞树枝仿佛正在向它招手!

开始啦,开始啦:森林里到处的树枝都在挣脱积雪的压迫,由弯曲变为挺直,四面八方的树木都在颤动,整座森林蓦然间产生了变化。慌乱的野兔连忙逃窜,各种各样的野兽都醒来了,鸟儿飞出了森林。

树木交谈

　　树木的绿色枝条滋生出一个个褐色幼芽,顶端像绿色的小尾巴,每个绿色的小尖儿上都挂着一颗晶莹透明的露珠儿。如果你掐下一个嫩芽,用手指捻碎,那么你手指上会留下白桦、白杨或稠李树汁液的芳香气息,这香味久久不散。

　　你闻闻稠李幼芽的气味,立刻会想起来,过去怎么样爬到树上去摘浆果,乌黑的浆果闪闪发亮,甜美可口。摘下一把把浆果直接放进嘴里咀嚼,那种美妙简直无法形容、无可比拟。

　　温暖的傍晚,如此宁静,在这样的寂静时刻似乎要发生什么意想不到的事情。听,树木们开始悄悄交谈起来:两棵隔得很远的白桦树互相打招呼;一棵稚嫩的白杨树走到林间空地上,像一支绿

色的蜡烛，它召唤另一棵跟它同样稚嫩的白杨树到它身边来，为此不停地摇晃着树枝；一棵稠李向另一棵稠李递去一根长满芽苞的枝条。

如果跟我们人类相比较，我们是通过声音相互之间打招呼，而树木是借助气味交谈。

森林医生

　　春天，我们在森林里漫步，观察在树洞里筑巢的鸟儿的生活，比如啄木鸟、猫头鹰。我们曾经看到一棵很有意思的树，这时候从那棵树的方向传来了锯树的声音。我们听说过，为了给玻璃工厂储存过冬的木柴，要安排人锯倒一些干枯的树木。我们替那棵树担心，急忙朝锯树的方向快步走去，不料，还是来迟了，那棵山杨被锯断了，树桩子四周散落着很多空空的松果壳。这是啄木鸟采集的大量松果，啄出松子留下的松果壳，两根树股交叉的地方是它的作坊，它这样做是为了储存食粮好度过漫长的寒冬。树桩子旁边，是已经锯倒的山杨树，两个小伙子正在休息。这两人只从事砍伐树木。

"哎呀，你们这不是瞎胡闹吗！"我指着锯倒的山杨树说，"不是安排你们锯干枯的树，你们怎么能这样胡来呢？"

"树干上有啄木鸟啄出的洞孔，"两个小伙子回答说，"我们看到了洞孔，当然要把它锯倒啦。反正它迟早要倒下来的。"

大家一起仔细看那棵树。它原本活得好好的，只不过树干上有不到一米的一段，看起来里面生了蛀虫。显然，啄木鸟像医生一样给山杨听诊过，用它的喙敲击过树干，知道它被蛀虫蛀出了空洞，并且给这棵树进行了除虫手术。它还第二次、第三次、第四次诊治……细细的山杨树干就像带音键的笛子。"外科医生"钻了七个洞孔，刚想钻第八个洞吃掉里面的蛀虫，以便挽救这棵山杨。

我们锯下了这一段，送到展览馆该是很好的展品。

"看到了吧，"我们对两个小伙子说，"啄木鸟——森林的医生，它能挽救山杨，它本来还能活着，一直活下去，却被你们锯断了。"

两个小伙子都感到惊讶。

神秘的木板箱子

西伯利亚有个地方野狼很多,当地有个猎人,曾经参加过游击战争,多次得到奖励,我问他:"你们这里,是不是经常发生狼吃人的险情?"

"有倒是有,"他回答说,"那又怎么样?人有猎枪,有力量,狼算得了什么!跟一条狗差不多。"

"可是,万一这条狗遇见没带枪的人……"

"那也不要紧!"游击队员说着笑了,"人最厉害的武器——智慧、随机应变,特别是这种变通的能力,可以把各种物件作为自己的武器。有一次,有个猎人把一个普普通通的木板箱子变成了武器。"

这个游击队员讲了这样一件惊险的事:在一个有月亮的夜晚,四个猎人坐上雪橇,随身携带着

一个木板箱子,里面装了一头小猪。箱子很大,是用粗木板条钉成的,小猪装在里面,也不盖罩布。就这样启动雪橇,驶向了野狼很多的草原。当时是冬天,狼群正忍受饥饿。几个猎人乘坐雪橇驶向旷野,他们有的揪猪的耳朵,有的拉它的腿,有的拽它的尾巴,折腾得小猪吱吱乱叫:他们越是使劲,小猪的叫声越尖锐,越响亮,这声音传遍了整个草原。狼群听到了小猪的尖叫声,从四面八方奔跑过来,疯狂地追逐猎人的雪橇。狼群越来越近,拉雪橇的马也嗅到了野狼的气息,于是突然狂奔起来!装小猪的木板箱子从雪橇上滚落下来,最糟糕的是一个猎人也从雪橇上滚落在地,他没

有猎枪,甚至也没戴帽子。

　　一部分狼继续追赶狂奔的马拉雪橇,另一部分狼扑向了小猪,瞬间小猪就被吃得一干二净。当那些狼吃完了小猪,朝这个没带武器的猎人围拢过来,却发现,那个人突然消失了,路上只有一个底朝天的木板箱子:这个箱子可不一般——它竟然能够移动,从道路上移动到路边,从路边移动到积雪很厚的地方。那些狼小心翼翼地跟随着木板箱子走,当这个箱子移动到积雪很厚的地方,那些狼看见,箱子停在那里,越来越低,越来越低。

　　那群狼胆怯了,它们站着迟疑了片刻,然后从不同方向围住了那个箱子。狼群站在那里,心里想着该怎么办,而那个箱子却越来越低,越来越低。狼群的包围圈越来越小,而箱子没有停止动作,仍然向下缓缓下沉。野狼想:"太奇怪了!我们这样等下去,箱子必定会钻进积雪里去。"

　　领头的狼壮着胆子走到木板箱子跟前,用鼻

子去嗅箱子……

狼的鼻子刚刚靠近木板箱子的缝隙,突然从缝隙中受到了撞击!其余的狼立刻后退,扭头逃散。这时候,另外三个猎人驱赶雪橇回来救援了,那个猎人毫发无损地从木板箱子下边钻了出来。

"故事讲完了,"游击队员说,"您说,没有猎枪难以对付狼群。可是人有智慧,人能用任何东西来捍卫自身的安全。"

"抱歉,"我说,"你刚才说,那个猎人从箱子里用什么东西撞击了狼一下。"

"用什么撞击?"游击队员笑了,"他用人类的话语撞击那只狼,吓得狼群四散奔逃。"

"究竟是什么话可以驱散狼群呢?"

"再平常不过的话,"游击队员说道,"在这种情况下人会说的话:'狼啊狼,你们统统是傻瓜!'他就是这么说的,再没说别的。"

鸟言兽语

悬挂旗子打猎逮狐狸特别有趣。围住一只狐狸,弄清楚它的藏身地点,趁它睡觉的时候,在周围一两俄里处的灌木丛上拉一条绳子,绳子上面挂着很多红布做的旗子,就这样形成一个包围圈。狐狸特别害怕色彩鲜艳的旗子和红布的味道,这个圈子让它万分惊恐,拼命逃窜寻找出口。包围圈一定会留个出口,猎人藏在这附近的枞树背后,等待狐狸跑出来。

这样悬挂小旗子打猎比靠猎犬追赶猎物更有成效,收获更丰厚。而这个冬天下雪很多,积雪很厚,猎犬陷在积雪当中,雪没到了它的耳朵,想让猎犬追狐狸根本就不可能。有一天,我和我的猎犬累得够呛,我对职业猎手米哈尔·米哈雷奇说道:"干脆不用猎犬了,我们悬挂旗子吧,带旗子设包围圈,能把每只狐狸都打死。"

"每只都打死,不可能吧?"米哈尔·米哈雷奇表示怀疑。

"这很简单,"我解释说,"一场小雪过后,我们寻找新鲜的踪迹,设好包围圈,拉绳子,挂旗子,狐狸就是我们的啦。"

"从前有这么干的,"猎手说,"可挂了旗子,吓得狐狸三天三夜不敢出洞。别说狐狸了!狼都蹲守了两天两夜。现在的野兽越来越聪明,你挂出旗子,它直接从旗子下面穿过,溜之大吉,连声'再见'都不说。"

"我明白,"我回答说,"老狐狸见多识广,变得精明,敢从旗子下面钻出去逃脱,但这样的狐狸并不多,绝大多数狐狸,尤其是那些小狐狸,从来都没有见过旗子。"

"它们没见过!它们根本就不用见。狐狸们

有自己的语言。"

"什么样的语言?"

"平平常常的语言。比如说,安置了一个捕兽夹子,老奸巨猾的野兽来到附近,立刻起了疑心,随后转身离开了。其他野兽随后都远远地绕道走,决不近前。你说,它们是怎么知道这里有危险的呢?"

"你怎么想呢?"

"我想,"米哈尔·米哈雷奇回答说,"野兽会辨认。"

"辨认?"

"对,用鼻子辨认。你仔细观察猎犬,也能发现这种本领。谁都知道,猎犬会在树干上、灌木丛里留下自己的记号,其他猎犬走过来就都明白了。狐狸和狼也是这样,随时随地在辨认,在读。我们靠眼睛,野兽靠鼻子。另外,我认为野兽和禽鸟还会辨认声音。乌鸦一边飞一边叫。我们从不理会。而灌木丛里的狐狸伸着耳朵听，匆匆走向旷野。乌鸦在空中飞行叫唤，地面上的狐狸听到乌鸦的叫声极力奔跑。乌鸦刚刚落在动物的尸体上，狐狸说到就到立马出现了。不用说狐狸啦，难道你听见喜鹊喳喳叫，就没有猜测到什么事吗？"

跟所有猎人一样，我当然也会利用喜鹊喳喳的叫声，可米哈尔·米哈雷奇讲述了他的一次特殊经历。有一回，他带着猎犬追赶一只野兔。忽然，奔跑的兔子仿佛从地面上消失了。这时候，有一只喜鹊在相反的方向叫唤。他蹑手蹑脚走向喜鹊，尽力避免让它发现。当时还是冬天，兔子身上的毛已经变白，只有等积雪都融化了，才能从很远的地方看见白色的物体。

猎手看见一只喜鹊在树枝上叫唤，就朝那棵树下望去，看到树下面绿苔藓上卧着一只白色兔子，两只圆圆的豆子一样的黑眼睛，警惕地张望着。

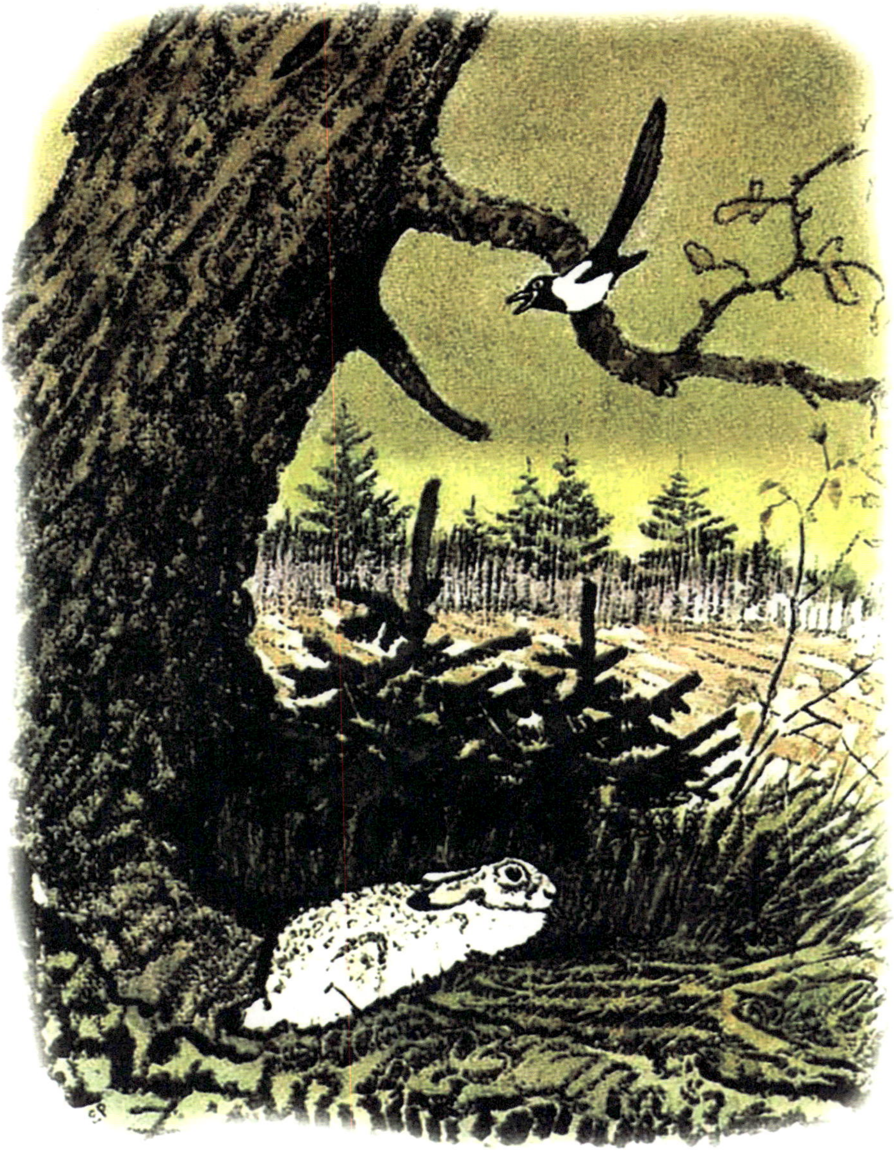

喜雀出卖了野兔,同时也让野兔和其他野兽知道猎人来了,关键是谁能头一个关注它的叫声。

"或许你知道,"米哈尔·米哈雷奇说,"沼泽地有一种小黄鸟叫黄鹂鸟。当你进入沼泽,打算猎取野鸭的时候,刚悄悄地隐藏好,忽然,不知道从什么地方飞来了这种小黄鸟,落在你前面不远的芦苇上,摇摇晃晃地吱吱叫。你继续往前走,它就飞到另一根芦苇上,总是吱吱叫个不停。这是黄鹂鸟在给栖息在沼泽地的禽鸟野兽发出警戒信号。你看,有一只野鸭忽然飞走了,另一个地方的白鹤拍拍翅膀起飞了,几只水中的田鹬也匆匆忙忙飞起来了。这都怪那只小黄鸟。鸟类借助各种不同的叫声互通信息,而野兽往往靠辨认足迹决定去留和方向。"

林中小溪

如果你想了解森林的心灵，那就找一条小溪，沿着岸边向上游或者往下游随意走走吧。

春天刚刚开始，我选择了一条自己最喜欢的溪流，沿着岸边信步而行。下面就是我的所见、所闻和所想。

我看见，在一个很小的地方，流水遇到了杉树根的阻碍，碰到树根咕咕作响，并释放出许多气泡。这些气泡一冒出来，很快就漂走，旋即破灭，但大部分会漂到新的阻碍处，形成老远就看得见的白花花的一团泡沫。

水遇到一处又一处阻碍，却并不在乎，它只想聚集为一股股水流，仿佛在收紧肌肉，时刻准备投入一场难以避免的搏斗。

流水起伏颤动，阳光把抖颤的水影投射到云杉树干和青草的叶子上，那水影仿佛在树干和青草上奔跑。起伏颤动的流水发出淙淙的响声，青草仿佛伴随音乐声成长，水影显得那么和谐有序。

流过一段既浅又宽阔的渠道，湍急的流水注入一条狭窄的深潭，因为流得急而悄然无声，就仿佛有意集聚肌肉的力量，而太阳也紧跟着回应，让水流紧张的影子在树干和青草上不停地奔跑。

如果遇到大的阻碍，水就窃窃私语仿佛表达它们的不满，这细碎的抱怨声和溪水冲过阻碍的鸣溅声，老远就能够听见。当然，这不是示弱，并非怨恨，也不是绝望，对于人类的种种感情，流水是一无所知的。每条小溪的流水，都深信它们能到达自由的水域，即便遭遇厄尔布鲁士峰那样的高山，也会把它冲成两半，或早或迟，一定抵达目的地……

水上涟漪的影子，在阳光的映照中，像缕缕轻

烟,总在树干和青草上闪烁晃动。小溪流水淙淙有声,饱含树脂的嫩芽竞相绽放,水下的草钻出水面,岸上的草愈发茂盛。

这儿有个静静的旋涡,一棵树横倒在旋涡中心;几只小甲虫在平静的水面上打转转,频频闪烁光亮,平静的水面出现了不断扩展的涟漪。

水流在克制的低语声中自信地流淌,由于高兴,它们不能不彼此召唤:许多支有力的水流都流到了一起,汇聚成一股洪大的水流,相聚、融合、交谈、呼唤——这是所有刚刚汇合、马上又要分离的水流在相互告别。

溪水触及了刚刚绽放的黄色花蕾,花蕾又在水面上引起颤动的波纹。小溪的生命力就呈现在泡沫和浪花当中,忽而花朵欢快地呼应,忽而水影翩翩起舞。

有棵树树干横陈,似乎想堵住溪流,树干上竟然还因季节泛出了新绿,但小溪在树干下找到了出路,匆匆地奔流着,晃动着水影,发出潺潺的流水声。

就让路途中出现阻碍吧,任凭它们出现好了!有阻碍,才有活力;要是没有阻碍,水流便丧失生机,很快就流入海洋了,就像稀里糊涂的生命离开萎靡不振的躯体一样。

途中流经一片开阔的洼地。小溪流慷慨无私地将它灌满了水,接着继续奔流,留下那处水塘让它过自己的日子。

有一片很大的灌木丛被冬季的积雪压弯了,许多枝条垂到小溪里,俨然是一只灰蒙蒙的大蜘蛛,趴在水面上,所有细长的腿都在微微颤动。

云杉和白杨的种子顺水漂流。

小溪流穿过森林的全过程——是充满了连续拼搏的战斗历程,从而谱写了一段战斗史。这种连续不断的战斗,这种拼搏的持续性磨炼了我的生活毅力和顽强不懈的意志。

是的，生活中若是不曾遭遇这种种阻碍，水就会轻易地流失了，也就根本谈不上生存和时间的体验了……

小溪在拼搏中用尽全力，溪中水流像肌肉一般扭动翻滚，毫无疑问，或早或晚小溪会流入海洋的自由水域，而这"或早或晚"正是时间的体现，正是生存的体现。

紧贴着岸边的溪流，彼此呼应，反复念叨着那句"或早或晚"。就这样整个白天和整个夜晚一再重复这句"或早或晚"。只要小溪还有一滴水，只要春季的溪流不至于干涸，溪水就不知疲倦地强调说："或早或晚，我们会流入大海。"

一处弯曲的岸边，被春水冲出了一个圆形水湾，其中有一条小小的狗鱼，是洪水泛滥时被裹挟来的，困在这里没有离开。

你来到小溪这片宁静地带，突然听见：一只红腹灰雀嘤嘤低鸣，传遍了整座树林，一只苍头燕雀扇动翅膀,引起树叶簌簌有声地震颤。

有时候,强大的水流或者小溪的两股流水,汇合成锐角之势,奋力冲刷由百年云杉多条粗壮树根所加固的陡岸。

我坐在树根上,心情舒畅,一边休息,一边侧耳聆听,强大的水流在陡岸下面彼此呼唤,它们满怀信心地你呼我应,表达它们"或早或晚"必定流进海洋的信念。

溪水流过长着白杨树林的浅滩,水漫延开来像一个湖泊,随后水流集中到一个角落,从一米高的断崖上落下来,哗哗作响的轰鸣声传到很远的地方。这边哗哗喧嚣,那边湖面上却静悄悄泛着涟漪,微波轻轻抖颤,密集的小白杨树被冲倒,歪斜在水下,一条条蛇似的想顺水流去,不料被自己的根拖住,难以如愿。

小溪让我流连,舍不得离开,因此倒兴味索然,感觉有些无聊。

我走到树林中一条道路上,这儿长着低矮的青草,绿得有些刺目,让人不舒服,路两边有两道车辙,里边积满了水。

在那些依然稚嫩的白桦树上,钻出了绿色的幼芽,幼芽上的树脂闪闪发亮,释放出缕缕的清香。不过,树林还没有穿上新装。依然光裸的树林中,飞来了一只杜鹃:杜鹃飞进光裸的树林——据说是不祥之兆。

如今已经是第十二个年头了,每年春天,树木尚未穿上春装,只有草莓、白头翁和报春花刚刚绽放出花朵,我就早早地到这个树木采伐区。这儿的灌木丛、树木,甚至那些树墩子,我都相当熟悉,经过了野蛮的砍伐留下的这片荒凉地带,竟然成了我的花园:每个灌木丛,每棵小松树、小枞树,我都亲手抚摸过,它们都变成了我的亲友,仿佛是我亲手栽种的一样,这是属于我个人的花园。

我从自己的"花园"返回到小溪边,亲眼看见了森林中难得一见的重大事件：一棵高大的百年云杉，被小溪流水冲刷了树根，带着它全部的老球果和新球果，轰然一声，倾倒在地，所有繁茂的枝条全都压在溪流上，小溪的水流此刻正冲刷着每一根云杉枝条，一边冲刷，还一边不断地叨念，此起彼伏地反复说："或早或晚，奔入大海……"

小溪从荒僻的密林里流到空地上，在温暖的阳光照射下，水面似乎一下子变得开阔起来。这儿水中钻出了第一朵小黄花，还有像蜂房似的青蛙卵，已经相当成熟，从一颗颗透明体里可以看到黑黑的小蝌蚪了。也是在这儿的水面上，许多形似跳蚤的浅蓝色小苍蝇，贴着水面飞一会儿，就落在水中；不知它们从哪儿飞出来，转瞬之间落进水里，一飞一落，生命短促，就这样草草了结。有一只水生小甲虫，铜一样亮光闪闪，在平静的水面上旋转。一只姬蜂在水面上空不辨东西胡乱飞舞，水面竟然纹丝不动。一只黑斑黄粉蝶，体形硕大，

色彩鲜艳,在平静的水面上往复盘旋。这平静水湾的四周,小水洼里长满了青草花卉,早春的柳树枝条也已经滋生出柳絮,宛如小鸡身上的黄色绒毛。

小溪流又怎么样了呢?有一半流水单独流向一边,留下的一半则另寻出路,流向另一边。这或许是由于,两股水流因"或早或晚"这一信念的不同,曾经展开搏斗,然后就分开了,各走各的路:一股水流说,这条路更近,能早一点儿到达目的地;而另一股水流则认为,它们选择的路是捷径,这样一来,两股水流分手就不可避免了。不过,绕了一个大弯子,两股水流之间形成了一座庞大的孤岛,绕过孤岛,两股水流重新汇合,竟然兴高采烈,这时候,它们终于明白:对流水来说,没有不同的道路,所有的道路,或早或晚都必定流入大海。

我的眼睛因关切而变得柔和,耳朵里一直听见"或早或晚"的反复叨念,杨树树脂的芳香和白桦幼芽的好闻气息随风飘来,所有这些,让我心旷神怡,我再也不必匆匆忙忙跑到什么地方去了。于是,我坐在树根之间,后背倚在树干上,面庞转向温暖的太阳,我心满意足的时刻到来了。

我的小溪终于抵达了大海。

【阅读探究】

一条条小溪汇聚成河流,一条条河流汇聚成大江,江水奔流不息,最终汇入大海。小溪为了到达大海,走过了多少路啊!但是"或早或晚"总会到达的信念,支撑着它坚持了下来。

你从林中小溪身上,学到了什么呢?作者在开头所说的"森林的心灵",你又是怎样理解的?

我的家乡

我妈妈总是早早就起床，太阳还没有升起，她就起来了。有一天，我也在太阳还没有升起的时候就起床了，为的是在霞光中安置套索捕捉鹌鹑。妈妈让我喝奶茶，算是奖励。牛奶是在陶罐里煮熟的，上面结了一层粉红色的奶皮，奶皮下的奶好喝得出奇，由于加了牛奶，茶的味道也格外鲜美。

妈妈的这次奖励把我的生活引入了良性的轨道：为了品尝妈妈的奶茶，我开始早早起床，总是起得比太阳还早。慢慢地，早早起床成了我的生活习惯，我再也不会太阳升起还在睡懒觉了。

后来生活在城市里，我也早早起床，现在也总是早晨就开始写作，这时所有的动植物也都醒过来，开始它们自己有规律的活动。

因此我常常这样想：如果为了自己的工作，我们能够伴随太阳一道起床，那该有多么好啊！伴随太阳起床，能给人们带来多少快乐、幸福、健康和充沛的精力啊！

喝过早茶以后，我出门去捕捉鹌鹑、棕鸟、夜莺、斑鸠、蝈蝈、蝴蝶。那时候，我还没有猎枪，即便是现在，我外出打猎，也不是总随身携带猎枪。

无论过去还是现在，我一直热衷于在寻找中发现新奇事物。要在自然界当中找到过去从未见过的东西，或许，在生活中这样的新鲜事物任何人都不曾见过。

要使用套索捕捉叫声最悦耳的雌鹌鹑，然后凭借它的鸣叫声，使用捕鸟网来捕捉声音最嘹亮的雄鹌鹑。未成年的夜莺需要用蚂蚁卵来喂养，这样以后它的美妙歌声将胜过所有的夜莺。去找到合适的蚂蚁窝，用巧妙的办法将袋子装满蚁卵，

然后引诱蚂蚁爬到事先准备的树枝上，离开它们的珍贵的卵。

需要我做的事情很多很多，原野上的小路多到数不胜数。

我年轻的朋友们！我们是大自然的主人，它对于我们来说是太阳的宝库，贮存着生活所需要的无尽宝藏。我们不仅要保护这些宝藏，还要发现这些宝藏，展示这些宝藏。

鱼虾需要干净的水，必须保护我们的水源。森林、草原、山岭里有各种各样的珍稀动物，必须保护我们的森林、草原和山岭。

鱼儿离不开水，鸟儿离不开空气，野兽离不开森林、草原、山岭。而人离不开家乡。因此，保护大自然，就是保护家乡。

阅读交流

活动一 我的家乡

这本书是以短文《金色的草地》命名的,在这篇短文中,作家向我们展示了他的家乡蒲公英盛开时的美景。你的家乡四季是什么样子的?试着描述一下你的家乡的美景吧!

活动二 走进大自然

观察大自然,我们能够领略到生命的多样性和复杂性;走进大自然,我们不仅能享受到自然的美景,还能够亲身感受大自然所蕴含的生命力量和宇宙奥秘。在大自然的怀抱中,我们能够汲取到无穷的力量和智慧,让我们的生命更加充实和美好。让我们抽出一些时间,一起走进大自然吧!

活动三　拓展阅读

这本书告诉我们,大自然中无时无刻不在发生着有趣的事情,要注意到这些,我们不仅需要一双善于观察的眼睛,还需要耐心,更重要的是,要对大自然充满热爱。

以下是一些相关的书籍,可以让我们在阅读中领略自然之美妙。

比安基:《森林报》

普里什文:《大自然的日历》

法布尔:《昆虫记》